ウルは空色魔女《そらいろまじょ》①

はじめての魔法《マジカル》クッキー

あさのますみ・作
椎名 優・絵

JN284458

角川つばさ文庫

もくじ

ウルは空色魔女《そらいろまじょ》 キャラクター紹介《しょうかい》

ちさと

ウルといっしょに暮《く》らすことになった、しっかりものの小学《しょうがく》5年生《ねんせい》。勉強《べんきょう》もよくでき、お手《て》伝《つだ》いもする優等生《ゆうとうせい》。

ウル

人間界《にんげんかい》にやってきた、ちょっとドジな空《そら》色《いろ》魔《ま》女《じょ》。闇《やみ》色魔女《いろまじょ》ディアをめざして、修業《しゅぎょう》にいっしょうけんめい。

パパ

ちさとのパパで、パティスリー・シトロンの、うでのいいパティシエ(ケーキ職人《しょくにん》)。

恭介《きょうすけ》

ちさとの家《いえ》のとなりに住《す》んでいる、1つ年上《としうえ》の男《おとこ》の子《こ》。バスケが得意《とくい》。

春日野《かすがの》さん

恭介《きょうすけ》のことが好《す》きで、ちさとをライバル視《し》している。オシャレ。

ディア

ウルのあこがれのひと。有能《ゆうのう》な闇色《やみいろ》魔女《まじょ》として名《な》が知《し》られている。

山野《やまの》さん

パティスリー・シトロンに昔《むかし》からつとめている、気《き》のいいおばさん。

レーナ

ウルの魔法学院《まほうがくいん》での同級生《どうきゅうせい》でおさななじみ。たかびしゃな性格《せいかく》。

1　たったひとつの魔法《まほう》

「ついにこの日《ひ》が来《き》ちゃったね！」

「いよいよ旅《たび》だちかあ……5年間《ねんかん》、あっというまだったなあ」

「ああどうか、すてきな魔法《まほう》をさずかりますように……！」

よく晴《は》れた、春《はる》の日《ひ》。

ドゥール魔法学院《まほうがくいん》の講堂《こうどう》は、にぎやかなおしゃべりにつつまれていた。

目《め》がさめるほどあざやかな空色《そらいろ》のケープと、おそろいの、空色《そらいろ》とんがり帽子《ぼうし》。

ま新《あたら》しい制服《せいふく》を着《き》て、生徒《せいと》たちはみんな、そわそわと落《お》ちつきがない。

「人間界《にんげんかい》に行《い》っても、忘《わす》れないでね」

「きっと、寮《りょう》の食堂《しょくどう》のシチューが、恋《こい》しくなるだろうなあ」

「のんきねえ。私《わたし》はもう、儀式《ぎしき》でさずかる魔法《まほう》のことが気《き》になって！」

そのとき。

「みぎ、ひだり、みぎ、ひだり、みぎ、ひだり！」

講堂《こうどう》の入《い》り口《ぐち》から、規則《きそく》ただしい声《こえ》が聞《き》こえてきた。

「みぎ、ひだり、みぎ、うわっ階段《かいだん》！……ふう、あぶなかった。えっと、ひだり、だったよね、そして、みぎ！」

1人《ひとり》の女《おんな》の子《こ》が、ゼンマイじかけのようにカクカクと歩《ある》いてくる。

ところどころはねた髪《かみ》に、くるんとまるい、大《おお》きな瞳《ひとみ》。

足《あし》を出《だ》すたびに、空色《そらいろ》とんがり帽子《ぼうし》の先《さき》っぽも、みぎ、ひだり、とゆれる。

「ウルちゃん、どうしたの？　なんなの、その歩《ある》き方《かた》？」

友《とも》だちの声《こえ》に、ウル、とよばれたその子《こ》は、パッと顔《かお》をあげた。

「今日《きょう》は、だいじな儀式《ぎしき》の日《ひ》でしょ。だからね、おまじない。朝《あさ》、寮《りょう》のベッドを出《で》るとき左足《ひだりあし》から歩《ある》きだして、ずーっとかわりばんこに、みぎ、ひだり。こうするとね、願《ねが》いがかなうんだって！」

そう言《い》って、ウルはうっとり、まぶたをとじた。

「だって、あたしどうしても、空《そら》を飛《と》ぶ魔法《まほう》がほしいんだもん。闇色魔女《やみいろまじょ》ディアみたいに！」

すると。

「あーらウルったら、また起《お》きたまま寝言《ねごと》を言《い》ってるのね」

きいんとひびく、かんだかい声《こえ》。

（むっ、この声《こえ》……！）

ふり返《かえ》ると、腰《こし》に両手《りょうて》をあてて、クラスメイトのレーナが立《た》っていた。

カールした髪《かみ》をかきあげて、レーナは鼻《はな》を「フンッ」とならす。

「空《そら》を飛《と》ぶ魔法《まほう》は、えらばれた魔女《まじょ》だけにさずけられる、特別《とくべつ》な魔法《まほう》って知《し》ってるわよね？　しかもディアといえば、異例《いれい》のはやさで闇色魔女《やみいろまじょ》まで昇格《しょうかく》した、有名人《ゆうめいじん》よ。なのに――」

レーナはチラリと、横目《よこめ》でウルを見《み》た。

「よりによってウルが、ディアみたいになりたいですって？　寝言《ねごと》としか思《おも》えないわ」

「寝言《ねごと》じゃな――――いっ！」

ウルはキッと、レーナをにらんだ。

「うんと強《つよ》く願《ねが》ってうんとがんばれば、できないことはないんだよ！　ディアが教《おし》えてくれたもん！」

「またその言葉《ことば》？　そんなこと言《い》ってウル、5歳《さい》で入学《にゅうがく》してから今《いま》まで、ずーっとおちこぼれだったじゃない。だいたい、ディアに言《い》われたって話《はなし》だって、本当《ほんとう》かどうか」

「ホントだもん！　うんと小《ちい》さいときだったけど、覚《おぼ》えてるもん！」

するとレーナは「やれやれ」と、おおげさにため息《いき》をついてみせた。

「ウル。じゃあよく聞《き》いて。みぎみぎひだりみぎひだり、ひだりひだりみぎ、みぎひだり。

さあ、ウルが次《つぎ》に出《だ》す足《あし》は、みぎ、ひだり、どっち？」

「へ？」

ウルはきょとんと目《め》をまるくして、それから頭《あたま》をかかえた。

「あああ――っ、今《いま》のでわかんなくなったぁ！　朝《あさ》からずっと気《き》をつけてたのに！」

「ほおらね。やっぱりウルは、ダメ魔女《まじょ》なのよ」

そのとき。

「みなさん、静粛《せいしゅく》に」

ステージから、先生《せんせい》の声《こえ》が、おごそかにひびきわたった。

とたんに生徒《せいと》たちは、しいん、と静《しず》かになる。

先生《せんせい》は、きびしい顔《かお》に一瞬《いっしゅん》、笑《え》みをうかべると、話《はな》しだした。

「この日《ひ》がくるのを、みなさん、さぞ心待《こころま》ちにしていたことでしょう。今日《きょう》はいよいよ、あなたたちが空色魔女《そらいろまじょ》として人間界《にんげんかい》へ出発《しゅっぱつ》する、旅《たび》だちの日《ひ》です」

空色魔女《そらいろまじょ》、という言葉《ことば》に、何人《なんにん》かがピクン！　と背《せ》すじをのばす。

「10歳《さい》をむかえた魔女《まじょ》は魔法《まほう》をさずけられ、人間界《にんげんかい》で修業《しゅぎょう》しなくてはならないことは、みなさんも今《いま》まで何度《なんど》となく聞《き》かされ、また、そのために学《まな》んできましたね」

1人《ひとり》ひとりに言《い》い聞《き》かせるように、先生《せんせい》はゆっくり続《つづ》ける。

「けれど忘《わす》れてはいけないのは、魔女《まじょ》には3つの階級《かいきゅう》があり、昇格《しょうかく》しないかぎりは、永遠《えいえん》に10歳《さい》のすがたのまま、ということです。ゆだんしていると、友《とも》だちがみんな夕焼《ゆうや》け魔女《まじょ》に昇格《しょうかく》して15歳《さい》のすがたになっても、自分《じぶん》だけはいつまでも10歳《さい》の空色魔女《そらいろまじょ》、などということもありえるのですよ」

「……みぎ、だったっけ？　いや待《ま》てよ、ひだり？　あれ？」

「だーかーらー、そんなの思《おも》いだしたってムダだってば」

ぴくり。

ウルとレーナのひそひそ声《ごえ》に、先生《せんせい》は眉《まゆ》をひそめたものの、かまわず続《つづ》ける。

「あなたたちにはこれから、1人《ひとり》ひとつずつ、魔法《まほう》がさずけられます。これは、わがドゥール魔法学院《まほうがくいん》に伝《つた》わる、いにしえの書物《しょもつ》の意思《いし》により、それぞれにもっともふさわしいものが、いきわたるようになっています」

「あ、思《おも》いだした、ひだりだ！　最後《さいご》がみぎだったから、次《つぎ》はひだり！」

「あーら、そうだった？　私《わたし》はみぎだったような気《き》がするけど」

ぴく、ぴくり。

「……さずかった魔法《まほう》を、最初《さいしょ》から使《つか》いこなすのは、おそらく至難《しなん》のわざでしょう。けれどどんなときでも、みなさんは魔女《まじょ》であるという自覚《じかく》を持《も》って、そして——」

「ウルにはきっと、忘《わす》れっぽいのをなおす魔《ま》法《ほう》がぴったりね。そしたらそのうっかりも、少《すこ》しはよくなるでしょ」

「むうっ！　だったらレーナは、意地悪《いじわる》ばっかり言《い》うその口《くち》をなおせたらいいね！」

「あーら意地悪《いじわる》じゃないわ。私《わたし》は、おちこぼれさんに本当《ほんとう》のことを教《おし》えてあげてるだけ

よ」

「なんだとぉ――⁉」

ぴく、ぴく、ぴくり――ぶちん！

「ウル！　聞《き》いているのですか！」

「ひゃっ！」

先生《せんせい》のどなり声《ごえ》に、ウルはびくん！　ととびあがった。

「まったく！　今《いま》からそんなことでは、人間界《にんげんかい》に行《い》ってからが、おもいやられますよ！」

となりを見《み》ると、レーナは私《わたし》じゃないわ、という顔《かお》でそっぽをむいている。

(あ――っ、知《し》らんぷり？　レーナってばずるい！)

「ウ、ル！」

ウルはまっ赤《か》な顔《かお》で、ごにょごにょ言《い》った。

「ご、ごめんなさい……」

やれやれ、と先生《せんせい》は息《いき》をつくと、講堂中《こうどうじゅう》にひびく声《こえ》で、高《たか》らかに宣言《せんげん》した。

「それでは、儀式《ぎしき》をはじめます」

「聞《き》いて！　『割《わ》れたものをもとにもどす魔法《まほう》』ですって！」

「私《わたし》は『傷《きず》をなおす魔法《まほう》』よ。やった！」

「私《わたし》はね、『植物《しょくぶつ》の気持《きも》ちがわかる魔法《まほう》』！」

講堂《こうどう》の奥《おく》の、ぶあつい扉《とびら》。

そのむこうに厳重《げんじゅう》に保管《ほかん》されている、いにしえの書物《しょもつ》。

ありとあらゆる魔法《まほう》がつまっているという、いにしえの書物《しょもつ》に魔女《まじょ》が右手《みぎて》をのせると、もっともふさわしい魔法《まほう》がやどる――。

ものごころついたときから憧《あこが》れてきた、生《う》まれてはじめての魔法《まほう》に、空色魔女《そらいろまじょ》たちはまた、いっせいにおしゃべりをはじめた。

抱《だ》きあってよろこぶ子《こ》、さっそく魔法《まほう》をためしてみる子《こ》。

中《なか》には感激《かんげき》で、わんわん泣《な》きだしてしまう子《こ》までいる。

そんな中《なか》、ウルは1人《ひとり》、目《め》をつぶって、順番《じゅんばん》がくるのを待《ま》っていた。

「ああどうか、空《そら》を飛《と》ぶ魔法《まほう》をさずかりますように、みぎかひだりかは、結局《けっきょく》わかんなくなっちゃったけど、どうかお願《ねが》い、お願《ねが》いします！」

「あーらウル、今《いま》さら悪《わる》あがき？　みっともないわねえ」

「むうう、またレーナ！」

キッとにらむと、レーナは見《み》せびらかすように、右手《みぎて》をひらひらとゆらした。

「見《み》て。私《わたし》ね、優秀《ゆうしゅう》な成績《せいせき》にふさわしい、すばらしい魔法《まほう》をさずかっちゃった。どーお、どんな魔法《まほう》か知《し》りたいで……」

「知《し》りたくない！　ぜんっぜん！　興味《きょうみ》ないもん、レーナの魔法《まほう》なんか」

「って強《つよ》がるんじゃないわよ！　この私《わたし》がわざわざ教《おし》えてあげようってのに！　あのねえ、おどろかないでね、私《わたし》の魔法《まほう》は……」

「あーあー、聞《き》こえませーん！　見《み》えませーん！　あーあーあー」

ウルは耳《みみ》をふさいで、ぎゅっと目《め》をつぶった。すると。

ザ――――

「ひゃあ！　つ、つめたい！」

「きゃはははは！　ウルの顔《かお》、けっさくね！」

見《み》ると、わたあめくらいの小《ちい》さな雨雲《あまぐも》が、ウルの頭《あたま》の上《うえ》で雨《あめ》をふらせている。

レーナは得意《とくい》そうに胸《むね》をそらした。

「おどろいた？　私《わたし》がさずかった『雨《あめ》をふらせる魔法《まほう》』よ。どうお、かっこいいでしょ」

「かっこいいわけあるか――！　ふんがっ！」

バシッ！　ウルが力《ちから》いっぱいたたきおとすと、雨雲《あまぐも》はふわんと消《き》えた。

「きゃっ！　よくもやったわね、やっとあそこまで大《おお》きくしたのに！」

そのとき。

「ウル。さあ、次《つぎ》はあなたの番《ばん》ですよ」

「は、は、ハイ！」

(ついにきた！)

レーナにべーっと舌《した》を出《だ》すと、ウルは先生《せんせい》に走《はし》りよった。

ギギギ、ギ――……

ぶあつい扉《とびら》の奥《おく》に進《すす》むと、遠《とお》くにひとつ、むらさき色《いろ》の光《ひかり》が見《み》える。

「うわあ……！」

ウルはおもわず声《こえ》をあげた。

（これが、いにしえの書物《しょもつ》……！）

光《ひか》って見《み》えたのは、書物《しょもつ》の表紙《ひょうし》にうめこまれた石《いし》だった。

紋章《もんしょう》がついた表紙《ひょうし》のまんなかで、石《いし》は、なにかを語《かた》りかけるように、ゆらめいている。

（不思議《ふしぎ》な光《ひかり》……すっごくきれい……）

ごくん。つばを飲《の》みこむと、ウルはもう一度《いちど》祈《いの》った。

（どうか、いにしえの書物《しょもつ》さま！　あたしに、空《そら》を飛《と》ぶ魔法《まほう》を！）

「さあウル。右手《みぎて》を出《だ》しなさい」

ス――――ッ、ハ――――ッ。ウルは深呼吸《しんこきゅう》をしてから、石《いし》の上《うえ》に、そっと手《て》のひらをおく。

――ぽわん。

とたんに小《ちい》さな光《ひかり》のつぶが、ウルの右手《みぎて》をふちどりはじめた。

次《つぎ》の瞬間《しゅんかん》、カッと手《て》のひらが熱《あつ》くなる。

おもわず「ひゃっ！」ととびあがったウルに、先生《せんせい》は静《しず》かにつげた。

「ウル。それが、あなたの魔法《まほう》です」

（うわあ！）

ドキドキする胸《むね》をおさえて、ウルはゆっくり、手《て》のひらを裏《うら》がえした。

（あたしの、魔法《まほう》は……！）

「………へ？」

けれど。そこにうかんだ文字《もじ》を読《よ》んで、ウルはまっしろになった。

「こ、これが……あたしの、魔法《まほう》？」

ぼうぜんと扉《とびら》から出《で》てきたウルは、レーナに手首《てくび》をつかまれた。

「ウル、待《ま》ってたわよ、見《み》せなさい！……え？」

レーナの目《め》が、みるみる大《おお》きくなる。

「え――――っ⁉　やだ、なあにこれ！」

その声《こえ》に、空色魔女《そらいろまじょ》たちが、いっせいにこちらをふり返《かえ》った。

「ウルがさずかったのは『味《あじ》を甘《あま》くする魔法《まほう》』ですって！」

「えええ⁉」

みんなの視線《しせん》がウルに集《あつ》まる。

「味《あじ》を甘《あま》くする魔法《まほう》？」

「そんなのお砂糖《さとう》があれば、だれにでもできるよね？　魔法《まほう》って言《い》えるの？」

「そんな魔法《まほう》、はじめて聞《き》いたよ」

「ウルはずっと10歳《さい》のままかもね……。かわいそう……」

レーナが、フフンと鼻《はな》をならす。

「たったひとつの魔法《まほう》がそれだなんて、さっすがおちこぼれのウルねえ」

ウルはなにも言《い》えずに、自分《じぶん》の手《て》のひらを見《み》た。

そのとき。

——うんと強《つよ》く願《ねが》って、うんとがんばれば、できないことなんてないのよ……。

ディアの言葉《ことば》を思《おも》いだして、ウルはハッと顔《かお》をあげた。

闇色《やみいろ》のケープが、まぶたの裏《うら》によみがえる。

ウルを見《み》つめるやさしい瞳《ひとみ》、2人《ふたり》でかわした約束《やくそく》——。

ウルはぐぐっと胸《むね》をはると、おもいきり息《いき》を吸《す》いこんで、さけんだ。

「うるさぁぁぁいっっ！」

びくり。ふり返《かえ》ったみんなに、ウルはニカッと笑《わら》ってみせた。

「見《み》てて！　あたし、この魔法《まほう》でばっちり修業《しゅぎょう》するんだから！　そんで、だれもが憧《あこが》れる闇色魔女《やみいろまじょ》になって、空《そら》を飛《と》ぶ魔法《まほう》も、ぜったい手《て》にいれちゃうんだから！」

ゴーン、ゴーン、ゴーン……

出発《しゅっぱつ》のときをつげる鐘《かね》が、ひびきわたる。

「さあ、時間《じかん》です。人間界《にんげんかい》での修業《しゅぎょう》がうまくいくよう、祈《いの》っていますよ」

（だいじょうぶ。きっとできる。そうだよね、ディア）

ふるえる手《て》をおさえつけて、ウルはまっすぐ、前《まえ》をむいた。

2
パティスリー・シトロンへようこそ？

「あ、ちさとちゃん、待《ま》って」

おしゃべりでにぎわう、放課後《ほうかご》の学校《がっこう》。

5年《ねん》2組《くみ》の教室《きょうしつ》を出《で》ようとして、早川《はやかわ》ちさとは声《こえ》をかけられた。

「なあに、ヨリちゃん」

ショートカットに、すらりとのびた手足《てあし》。

利発《りはつ》そうな瞳《ひとみ》でちさとが見《み》つめると、クラスメイトのヨリちゃんは、モジモジとうつむいた。

「あ、えっと、その……こ、これから、うちに遊《あそ》びに来《こ》ない？　新《あたら》しいゲームがあるから、い、いっしょにしようと……」

「今日《きょう》出《で》た、算数《さんすう》の宿題《しゅくだい》。わからないところがあるんだね」

ずばり言《い》うと、とたんにヨリちゃんは、ワッと泣《な》きついてきた。

「そうなの！　実《じつ》はちんぷんかんぷんなの！　でもほら、ちさとちゃんには前《まえ》にも手伝《てつだ》ってもらったし、言《い》いづらくて……って、あれ？　なんでわかったの、宿題《しゅくだい》のこと」

「今日《きょう》出《で》たところは、この前《まえ》の応用《おうよう》だから。授業中《じゅぎょうちゅう》、頭《あたま》かかえてたのが見《み》えちゃった」

「うう、見《み》られてたかぁ」

おおげさに肩《かた》をおとすヨリちゃんに、ちさとはおもわず吹《ふ》きだした。

「でも、ごめんヨリちゃん。今日《きょう》はお店《みせ》で、パパを手伝《てつだ》おうと思《おも》ってるんだ」

「そっかあ。しっかり者《もの》のちさとちゃんがお手伝《てつだ》いしたら、ケーキ屋《や》さんのお仕事《しごと》、はかどりそうだもんね……」

しょんぼりした顔《かお》。それを見《み》て、ちさとはつけたす。

「……宿題《しゅくだい》は、電話《でんわ》でもよければ教《おし》えるけど」

「うわあ、ありがと！　さすがちさとちゃん、たよりになる！」

笑顔《えがお》になったヨリちゃんに手《て》をふって、ちさとは1人《ひとり》、放課後《ほうかご》の教室《きょうしつ》をあとにした。

「これと、これと……あ、この作家《さっか》、新作《しんさく》が出《で》たんだ。借《か》りとこう」

町《まち》の図書館《としょかん》。

本棚《ほんだな》を見《み》あげて、ちさとは手早《てばや》く、本《ほん》を選《えら》びとった。

ミステリーにノンフィクション、歴史小説《れきししょうせつ》にファンタジー。

両手《りょうて》いっぱいの本《ほん》に、ちさとはおもわず、にっこり笑顔《えがお》になる。

ちさとにとって図書館《としょかん》は、どこよりも落《お》ちつく場所《ばしょ》だ。

静《しず》かで、ひんやりした空気《くうき》が心地《ここち》よくて、そしてなにより、たくさんの本《ほん》がある。

表紙《ひょうし》をひらけばそのむこうに、まだ知《し》らない世界《せかい》が待《ま》っている——そう考《かんが》えるだけで、ちさとはワクワクしてくるのだった。

(さて、と。借《か》りられるのはあと1冊《さつ》。じゃあ新刊《しんかん》のコーナーをのぞいてみようかな)

そのとき。

——ぽわん。

一瞬《いっしゅん》なにかが光《ひか》った気《き》がして、ちさとは「え？」と立《た》ち止《ど》まった。

見《み》るとそこにはひっそりと、1冊《さつ》の本《ほん》が立《た》てかけられている。

（ここにこんな本《ほん》、あったかな）

手《て》にとってみると表紙《ひょうし》には、なにやら紋章《もんしょう》のようなものが書《か》かれている。

タイトルの文字《もじ》は、目《め》がさめるほどあざやかな空色《そらいろ》だった。

（きれいな空色《そらいろ》……だけど、なんて書《か》いてあるんだろ。そもそもこの文字《もじ》、日本語《にほんご》？）

ちさとが表紙《ひょうし》に手《て》をかけた、そのとき。

ぽ――ん。図書館《としょかん》の奥《おく》の、柱時計《はしらどけい》がなった。

「あ、いけない、行《い》かなくちゃ」

ちょっと迷《まよ》ってから、腕《うで》にかかえていた本《ほん》の一番上《いちばんうえ》にそれをのせて、ちさとは足早《あしばや》に、貸《か》しだしカウンターへむかった。


チリン！　ベルをならして、ちさとは元気《げんき》にドアを開《あ》けた。

パティスリー・シトロン。
お店《みせ》の前《まえ》の大《おお》きなアーチが目《め》じるしの、小《ちい》さなケーキ屋《や》さんが、ちさとの家《いえ》だ。
「ただいまー」
ちさとは、ガラスケースに目《め》を走《はし》らせる。
そこには色《いろ》とりどりのケーキが、ぎっしりならんでいた。
特製《とくせい》カスタードとサクサクのパイが自慢《じまん》の、ミルフィーユ。
口《くち》に入《い》れた瞬間《しゅんかん》ふわりととろける、チョコレートムース。
こぼれ落《お》ちそうなほどたっぷり果物《くだもの》をのせた、こだわりのタルト。
キャラメルリキュールがかくし味《あじ》の、クレームブリュレ。
（パパのケーキ、今日《きょう》もすごくおいしそう！　よーし、今日《きょう》こそ、私《わたし》——）
ちさとがぎゅっと手《て》をにぎりしめた、そのとき。
「あら、おかえりなさい、ちさとちゃん」
山野《やまの》さんがひょっこり、ガラスケースのむこうから顔《かお》を出《だ》した。
ちさとがまだ赤《あか》ちゃんのころからここで働《はたら》いている山野《やまの》さんは、かっぷくのいいお腹《なか》をゆらして、にっこりえくぼをうかべた。

「パパは今《いま》、奥《おく》でパイを焼《や》いているところよ」

「ありがとう、山野《やまの》さん」

お店《みせ》の奥《おく》の厨房《ちゅうぼう》をそっとのぞくと、パパが真剣《しんけん》なまなざしで、オーブンにむかっていた。

ふり返《かえ》るのを待《ま》ってから、ちさとは声《こえ》をかける。

「ただいま、パパ」

するとパパは、ふちなしメガネの奥《おく》の目《め》を、やさしくほころばせた。

「ああちさと、おかえり」

まっしろいエプロンと、コック帽《ぼう》。

いつもおだやかな笑顔《えがお》をたやさないパパは、ケーキを作《つく》るときだけ、ぴいんと真剣《しんけん》な、
パティシエ――ケーキ職人《しょくにん》の顔《かお》になる。

そういうパパが、ちさとは好《す》きだった。

「ちさと、学校《がっこう》はどうだった？」

「ええと、今日《きょう》はね」

今日《きょう》は学校《がっこう》でテストがあってね、算数《さんすう》と国語《こくご》が満点《まんてん》で、先生《せんせい》にほめられたんだよ――。そんなことを話《はな》したかったのだけれど、時計《とけい》はもう、４時《じ》をさしている。

（これから、お店《みせ》がこむ時間《じかん》だもんね。ゆっくりおしゃべりしてたら、パパがたいへんになっちゃう。それより、今日《きょう》こそ――）

ごくんとつばを飲《の》みこむと、ちさとはパパにむきなおった。

「それより、パパ。今日《きょう》はマドレーヌを焼《や》く日《ひ》でしょ。洗濯物《せんたくもの》をとりこんだら、私《わたし》もお手《て》伝《つだ》いしていい？」

パパの言葉《ことば》を待《ま》たずに、ちさとはにっこり腕《うで》まくりをする。

「最初《さいしょ》に型《かた》を洗《あら》うんだよね。粉《こな》ふるいだったら、私《わたし》にもできるし……」

けれどパパは、作業《さぎょう》の手《て》をとめずに、言《い》った。

「マドレーヌは、もう焼《や》いてしまったから、だいじょうぶだよ」

え、とふり返《かえ》ると、オーブンの前《まえ》には焼《や》きたてのマドレーヌが、きれいにならべておいてあった。はりきっていた気持《きも》ちが、みるみる小《ちい》さくしぼんでゆく。

「……そっか……」

だまりこんだちさとに、パパはやさしく言《い》った。

「お店《みせ》のことはいいんだよ。ちさとは家《いえ》のことをたくさんやってくれるし、それだけで、とても助《たす》かってるんだから」

ちさとには、ママがいない。ちさとが5歳《さい》のときに病気《びょうき》で亡《な》くなった。

だから家《いえ》のことをするのは、ちさとの役目《やくめ》だ。

けれどそれをたいへんだと思《おも》ったことは、一度《いちど》もない。

ちさとにとって家事《かじ》はあたりまえのことだったし、ママがいない生活《せいかつ》のほうが長《なが》いちさとには、ママがいるとどんなふうなのか、よく思《おも》いだせないのだ。

(たいへんなのは、パパだよ……)

お店《みせ》にならべるたくさんのケーキを、パパは毎日《まいにち》、たった1人《ひとり》で作《つく》っている。

朝《あさ》はまだ暗《くら》いうちから、ときには深夜《しんや》まで、パパはずっと厨房《ちゅうぼう》で働《はたら》いているのだ。

以前《いぜん》はママと分担《ぶんたん》していたという作業《さぎょう》。

ママが亡《な》くなってからもケーキの種類《しゅるい》をへらすことなく、パパはもう何年《なんねん》も、2人《ふたり》ぶんの仕事《しごと》をしている。

だからパパのケーキを見《み》ると、ほこらしい気持《きも》ちになった一瞬《いっしゅん》あとに、ちさとは思《おも》う。

私《わたし》が、早《はや》くもっと、いろんなことができるようにならなくちゃ。

そうしたらパパだって、もっと私《わたし》をたよってくれるはずだから。


「今日《きょう》はダージリンにしよっと」

お店《みせ》の2階《かい》は、ちさとたちの家《いえ》になっている。

いつもの家事《かじ》を終《お》えると、ちさとは紅茶《こうちゃ》を入《い》れて、宿題《しゅくだい》をかたづけてしまうことにした。

白《しろ》い壁《かべ》でかこまれたちさとの部屋《へや》は、ほとんどの壁《かべ》を本棚《ほんだな》がしめている。

「……ふう」

ストレートティーが入《はい》ったカップを机《つくえ》におくと、ちさとはカチャリと、カバンをあけた。

(宿題《しゅくだい》、電話《でんわ》で教《おし》える約束《やくそく》だったもんね。えっと、算数《さんすう》の教科書《きょうかしょ》は……)

そのとき。ちさとの目《め》に、図書館《としょかん》で借《か》りた本《ほん》が、とびこんできた。

「そういえばこれ、なんの本《ほん》なんだろ」

あざやかな空色《そらいろ》で書《か》かれたタイトルを、なにげなく指《ゆび》の先《さき》でなでてみる。すると。
――ぽわん。
本《ほん》はちさとの手《て》の中《なか》で、今度《こんど》は、はっきり光《ひか》った。
ちさとは「え？」と、おもわず目《め》をこすった。
(今《いま》の、なに？　図書館《としょかん》で見《み》た光《ひかり》と、おんなじ？)
ごくり。もう一度《いちど》、本《ほん》に手《て》をのばしてみる。
そしてゆっくり、表紙《ひょうし》をひらくと――――。
「きゃっ！」
突然《とつぜん》、強《つよ》い光《ひかり》が、本《ほん》の中《なか》からあふれだした。
目《め》を開《あ》けていられないほどの、強烈《きょうれつ》なまぶしさ。
(な、なにこれ！　なにがおきてるの？)
不思議《ふしぎ》な光《ひかり》は、ほんの一瞬《いっしゅん》部屋《へや》をみたし、あっというまに消《き》えてしまった。
おそるおそる両手《りょうて》を下《お》ろし、そおっと目《め》を開《あ》けてみる。そして次《つぎ》の瞬間《しゅんかん》、
「え？」

ちさとはかちんと、固《かた》まった。

そこには、見《み》たことのない女《おんな》の子《こ》が立《た》っていた。

目《め》がさめるほどあざやかな空色《そらいろ》のケープに、おそろいの、空色《そらいろ》とんがり帽子《ぼうし》。

女《おんな》の子《こ》は、くるんとまるい大《おお》きな瞳《ひとみ》で、部屋《へや》の中《なか》をきょろきょろ、見《み》まわしている。

「うわあ、いい部屋《へや》！　うわあ、同《おな》い年《どし》くらいの女《おんな》の子《こ》！　どんな場所《ばしょ》に出《で》るか心配《しんぱい》だったけど、本《ほん》をひらいたのがこの子《こ》だなんて、あたしすごくついてる！　よかったあ！」

女《おんな》の子《こ》は人《ひと》なつっこい笑顔《えがお》で、ちさとの手《て》をとって、ぶんぶんふりまわした。

「はじめまして！　これからどうぞよろしく！」

それからずいっと、顔《かお》を近《ちか》づける。

「あ、ごめん、びっくりさせちゃったよね？　ところで、あなたはだあれ？」

そこでやっと、ちさとはハッと、われにかえった。

「いや、あなたのほうこそ、いったいだれなの？」

女《おんな》の子《こ》はえっへんと、得意顔《とくいがお》で胸《むね》をそらす。

「えへへ、あたしはねえ……空色魔女《そらいろまじょ》の、ウル！」

3
空色魔女《そらいろまじょ》のおきて

「ふう……」

どさり。ちさとはイスに腰《こし》かけた。

「空色魔女《そらいろまじょ》……修業《しゅぎょう》、ねえ……」

視線《しせん》の先《さき》、ひとしきり自己紹介《じこしょうかい》をしたウルは、はしゃいだ顔《かお》で部屋《へや》を見《み》まわしていた。

「うわあ、この部屋《へや》、本《ほん》がいっぱい！　あ、ここがクローゼットなのね。うんうん、ベッドのスプリングも、ばっちりあたし好《この》み！」

満足《まんぞく》そうにうなずいては、にんまり笑《わら》っている。

ちさとはうーん、と腕《うで》ぐみをした。

（信《しん》じられない話《はなし》だけど、この部屋《へや》にこの子《こ》が突然現《とつぜんあらわ》れたことは事実《じじつ》だし、でも……）

「どしたの？　なんで1人《ひとり》でブツブツ言《い》ってるの？」

ふり向《む》いたウルを、ちさとはまじまじと見《み》かえした。

（……でもこの子《こ》、どう見《み》ても『魔女《まじょ》』っていうイメージじゃない……）

ちさとが本《ほん》で読《よ》んだ魔女《まじょ》はみんな、もっとミステリアスで、強《つよ》そうで、黒《くろ》く長《なが》いドレスを着《き》て、ほうきでさっそうと空《そら》を飛《と》ぶ。

（だけどこの子《こ》は……服《ふく》は全身空色《ぜんしんそらいろ》だし、歳《とし》も私《わたし》と変《か》わらなそうだし、それに……）

ずり落《お》ちたとんがり帽子《ぼうし》を「よいしょ」となおしたウルを、ちさとはじっと見《み》つめた。

（あの帽子《ぼうし》は、どう見《み》てもかぶり慣《な》れてないし）

「ねえ、ええと……空色魔女《そらいろまじょ》さん。説明《せつめい》によると、あなた、魔法《まほう》が使《つか》えるのよね？」

「もっちろん！　そりゃあもう魔女《まじょ》ですもん！」

「なら、ここでその魔法《まほう》を見《み》せてもらえない？」

「へっ？」

一瞬《いっしゅん》かちんと固《かた》まって、それからウルは、ぎこちなく目《め》をそらした。

「い、いやあ、それはちょっと。見《み》せたいのはやまやまなんだけど、あ、ほら、魔法《まほう》ってのは、そんなに簡単《かんたん》に人間《にんげん》に見《み》せていいものじゃないからさ、あはは」

「……声《こえ》、裏《うら》がえってるよ。どうしたの、急《きゅう》にあわてて」

「あ、あわててなんかないよ！」

顔《かお》をそむけたウルを、ちさとはのぞきこむ。

「でもあなた、そのふうがわりな服装《ふくそう》以外《いがい》、見《み》た目《め》は人間《にんげん》と変《か》わらないじゃない？　だから魔法《まほう》を見《み》せてもらえないと、あなたの話《はなし》、いまいち信《しん》じきれないのよね」

「空色魔女《そらいろまじょ》の制服《せいふく》をふうがわり言《い》うな！」

ウルはキッと、ちさとにむきなおった。

「よおーし、わかったよ！　そんなに言《い》うならこのウルさんの魔法《まほう》、特別《とくべつ》にひろうしてあげるよ!!…………あ、でもその前《まえ》にちょっと、練習《れんしゅう》してみていい？」

ちさとはジト――ッと、ウルを見《み》た。

「…………練習《れんしゅう》？」

「あ――っ、その顔《かお》、あたしをうたがってる！　わ、わかったよ、練習《れんしゅう》なしでいいよ。けど、びっくりして腰《こし》ぬかさないでね！」

言《い》うなりウルは、きょろきょろ部屋《へや》を見《み》まわす。

やがて紅茶《こうちゃ》のカップに目《め》をとめると、バッ！　と右手《みぎて》をかざして、さけんだ。

「ウル・ヴァルテアル・タラテアル――」

すると。

――ぽわん。

ふいにウルの手《て》のひらに、文字《もじ》のようなものが、うかびあがった。

（え？）

「パービィーラービィー――」

キラキラキラキラ……

そこから、細《こま》かい光《ひかり》のつぶがあふれだす。

（な、なに……？）

「アマアマ・キュ――――ン！」

ウルの言葉《ことば》にこたえるように、つぶはカップを包《つつ》みこんだ。

(これが、魔法《まほう》……?)

だとしたら、カップはどうなってしまうんだろう。

フワフワうかびあがる?

それとも、こなごなに割《わ》れる?

まさか、人間《にんげん》みたいに話《はな》しはじめるとか……?

「ふ――っ、これくらいでいいかな」

ウルはぐっと、汗《あせ》をぬぐった。

カップはなにも変《か》わっていない、ように見《み》える。

「さあ! これ、飲《の》んでみて!」

「え? の、飲《の》む?……わかった、飲《の》めばいいのね」

(魔法《まほう》がかかったのは、カップじゃなく紅茶《こうちゃ》のほう? 飲《の》んだら、どうなっちゃうのかな)

ちさとはおそるおそる、少《すこ》しだけなめてみた――ちろり。

「うっ、甘《あま》い」

「え、ホント? ちょっとかして!……ホントだ、あまーい! あたし魔法《まほう》が使《つか》えた!

味《あじ》を甘《あま》くする魔法《まほう》、大成功《だいせいこう》！　やったあ！」

「…………」

ぴょこんととびあがったウルを、ちさとは冷《ひ》ややかに見《み》つめた。

「あ、あれ？　びっくりしないの？」

「ねえ。あなたの言《い》う魔法《まほう》って、もしかして、たったこれだけ？　いやその前《まえ》に、どうして魔法《まほう》がかかったことをそんなによろこぶの？　まるではじめてみたいに」

「だってはじめてだもん！　この魔法《まほう》は、さっきさずかったばっかで、あたしも使《つか》うのははじめてなの！」

「だったらもっとすごい魔法《まほう》を見《み》せてよ。カップがしゃべりだしたりするような、そういう魔法《まほう》っぽいの」

「そんなのできるわけないじゃん！　あたしの魔法《まほう》はこれひとつ！　次《つぎ》の魔法《まほう》は、夕焼《ゆうや》け魔女《まじょ》にならないともらえないの！」

そのとき。

「ちさとー、だれか来《き》てるのかい？」

お店《みせ》のほうから声《こえ》がした。ちさとは、ハッと顔《かお》をあげる。

「パパだ……」

「パパ？」

きらり。ウルは目《め》を輝《かがや》かせて、走《はし》りだした。

「あたし、ごあいさつしてくる！」

部屋《へや》を出《で》て階段《かいだん》を下《お》りれば、パティスリー・シトロンの厨房《ちゅうぼう》につながっている。

「待《ま》って！　ちょっと待《ま》ってってば！」

ちさとが追《お》いついたときにはもう、ウルは目《め》をキラキラさせて、店《みせ》を見《み》まわしていた。

「ちさと、めずらしいね、お友《とも》だちがくるなんて」

「うふふ、元気《げんき》ねえ。ちさとちゃんと、おんなじクラスの子《こ》なの？」

パパと山野《やまの》さんに笑顔《えがお》をむけられて、ちさとは、ぎこちなく目《め》をそらした。

「あ、いや、えっと、その……」

（ど、どうしよう。魔女《まじょ》がきました！　なんて、２人《ふたり》にはとても言《い》えないし……）

「ふふーん。あわてなくてもだいじょうぶ！」

そんなちさとにウインクして、ウルは空色《そらいろ》ケープのポケットから、なにかを取《と》りだした。

「じゃーーーん！　記憶《きおく》の実《み》！」

手《て》のひらには、赤《あか》い木《き》の実《み》のようなものがのっている。

ウルは、それをパパと山野《やまの》さんに差《さ》しだすと、パン！　パン！　続《つづ》けざまにたたいて、さけんだ。

「あたしは親戚《しんせき》の子《こ》、ウルです！　今日《きょう》から、いっしょに住《す》むことになりました！」

すると。

ほんの一瞬《いっしゅん》、きょとんと固《かた》まった2人《ふたり》は、すぐに親《した》しげな笑顔《えがお》になった。

「あらまあウルちゃん久《ひさ》しぶり、大《おお》きくなったわねえ！」

大《おお》きなお腹《なか》に、ウルを抱《だ》きしめる山野《やまの》さん。

「よく来《き》たね。ちさと、ウルちゃんにいろいろ教《おし》えてあげなさい」

ウルの頭《あたま》をなでるパパ。

(ええ？　ど、どういうこと？)

前《まえ》からウルを知《し》っているような2人《ふたり》を、ちさとはぽかんと、見《み》つめるしかなかった。

「ねえ、2人《ふたり》にいったい、なにをしたの？」

部屋《へや》までもどってきたちさとは、ウルにつめよった。

「ふふーん。なんと！　記憶《きおく》を変《か》えちゃったのです！」

得意《とくい》げに言《い》って、ウルはぽよん、とベッドに腰《こし》かける。

「あの実《み》はね、どんなことでもひとつだけ、相手《あいて》に思《おも》いこませることができるんだ。さっきので、2人《ふたり》はあたしのこと『いっしょに住《す》む親戚《しんせき》の子《こ》』って記憶《きおく》したの。だいじょうぶ、ほかはなにも変《か》わらないし、必要《ひつよう》なくなったら、記憶《きおく》はちゃんと、もとにもどるから」

いろいろなことが、ウルのペースでどんどん決《き》まっていく。

おもわず「はあ」と、大《おお》きくため息《いき》をついたちさとに、ウルは言《い》った。

「記憶《きおく》の実《み》って、修業《しゅぎょう》のとき人間界《にんげんかい》に持《も》っていける、たったひとつの道具《どうぐ》なんだ。修業先《しゅぎょうさき》でいっしょにくらす人間《にんげん》には記憶《きおく》の実《み》を使《つか》うこと、っておきてで決《き》められてるから」

「ふうん……って、え!?」

ちさとはハッと顔《かお》をあげる。

「それじゃあ私《わたし》にも、あの実《み》を使《つか》うってこと？」

「うん！　あ、心配《しんぱい》しないで。修業《しゅぎょう》が終《お》わったら、あたしのとこだけ記憶《きおく》が書《か》きかえられて、なにもなかったことになるだけだから。パパたちだって平気《へいき》だったでしょ」

（記憶《きおく》が変《か》わる？　そこだけなくなる？）

ちさとはおもわず、あとずさった。

そんなのは、ぜったいにいやだ。

自分《じぶん》が自分《じぶん》じゃないみたいだし、それに――。

（そんなこととして、もしもあの記憶が消《き》えちゃったら、私《わたし》……！）

ちさとは胸《むね》に手《て》をあてて、さけんだ。

「いやよそんなの！　だいたいあなた、だいじょうぶって言《い》ってるけど、その実《み》を使《つか》うの、今日《きょう》がはじめてなんじゃないの？　ぜったい平気《へいき》だなんて、言《い》い切《き》れないんじゃない？」

「そ、それはまあ……た、たしかに、はじめてだけど……」

ずばり言《い》われて、一瞬口《いっしゅんくち》ごもったウルは、すぐにぶんぶんと、首《くび》を横《よこ》にふった。

「へ、平気《へいき》なはずだもん！　それにね『空色魔女《そらいろまじょ》をみちびく役目《やくめ》の魔女《まじょ》』っていうのがいてね。あたしたち、おきてをやぶったことがその魔女《まじょ》に知《し》られちゃったら、魔法《まほう》が消《け》されちゃうんだもん」

「勝手《かって》なこと言《い》わないで！　突然《とつぜん》やってきて、自分《じぶん》の都合《つごう》ばっかりおしつけて、魔女《まじょ》ってそんなに身勝手《みがって》なものなの？」

ちさとの言葉《ことば》に、ウルはムッとした顔《かお》で立《た》ちあがった。

「だって、だってしょうがないんだよ！」

カタン！

そのひょうしに、棚《たな》の上《うえ》の写真《しゃしん》たてがたおれた。

「！」

ちさともウルも、一瞬《いっしゅん》動《うご》きをとめる。

「この写真《しゃしん》、もしかして、あなたのママ？」

手《て》をのばしかけたウルの前《まえ》で、

「さわらないで！」

ちさとはすばやく、写真《しゃしん》たてを取《と》りあげた。

「記憶《きおく》の実《み》のことを心配《しんぱい》してるなら、安心《あんしん》して。ママはずいぶん前《まえ》に亡《な》くなったから」

おもわずとがった声《こえ》が出《で》る。ウルの目《め》が、傷《きず》ついたようにゆらいだ。

「あたし……そんなつもりで、聞《き》いたんじゃないよ……」

そのまま2人《ふたり》のあいだに、気《き》まずい沈黙《ちんもく》が流《なが》れた。

(ママ……)

ちさとはそっと、写真《しゃしん》を指《ゆび》でなぞる。

写真《しゃしん》の中《なか》のママはパティシエ姿《すがた》で、きびしいまなざしでこちらを見《み》つめている。

ちさとは、写真《しゃしん》たてをもとの場所《ばしょ》にもどすと、つぶやいた。

「私《わたし》ね……ママのこと、ほとんど、覚《おぼ》えてないの」

「え……?」

「ママが死《し》んだとき、私《わたし》はうんと小《ちい》さかったから」

ちさとに背中《せなか》をむけて、厨房《ちゅうぼう》で働《はたら》くママのすがた——。わずかに残《のこ》った記憶《きおく》の中《なか》で、ちさとがはっきり覚《おぼ》えているのは、たったそれだけだった。

ときどき、ふとしたひょうしに、なにか思《おも》いだしそうになっても、必死《ひっし》になればなるほど、記憶《きおく》はさらさらと、形《かたち》をなくしてしまうのだ。

「私《わたし》の中《なか》のママの記憶《きおく》はどれも、ほんの小《ちい》さなかけらばっかり。フッと息《いき》を吹《ふ》きかけたら消《き》えちゃいそうなくらい。ちょっとしたことがきっかけで、そのままなくなっちゃいそうなくらい……」

じっと聞《き》いていたウルは、手《て》のひらの、記憶《きおく》の実《み》に視線《しせん》をおとした。

「だからあんなに、いやがったんだね……」

ウルはしばらく、なにかを迷《まよ》うように、うつむいていた。

やがて顔《かお》をあげると、記憶《きおく》の実《み》を高《たか》くかざす。――パン！

「あたしは、お腹《なか》が、すいた！」

「え？」

おどろくちさとの前《まえ》で、ウルはえへへ、と頭《あたま》をかいた。

「これで、記憶《きおく》の実《み》はおしまい。ぜーんぶなくなっちゃった。ほら、いくらおきてで決《き》まってても、実《み》がないんじゃ使《つか》えないでしょ？」

ちさとはぽかんと、ウルを見《み》つめた。

（この子《こ》……私《わたし》のこと、見《み》のがしてくれたんだ……）

「ちさと、あらためてお願《ねが》い。夕焼《ゆうや》け魔女《まじょ》になるまで、あたしをここで修業《しゅぎょう》させて！」

ウルは、真剣《しんけん》な顔《かお》で姿勢《しせい》をただして、ぴょこんと頭《あたま》をさげる。

そのひょうしに、とんがり帽子《ぼうし》が、またずれた。

（……味《あじ》を甘《あま》くするしかできない魔女《まじょ》、なんて……）

ちさとはしばらく考《かんが》えてから、ふう、と息《いき》をついた。

（わけがわからないけど、でも……）

そしてウルの帽子《ぼうし》を、きゅっとなおす。

「……夕焼《ゆうや》け魔女《まじょ》になるまで、ね」

「うわあ、よかったあ！」

ウルはパッと笑顔《えがお》になると、ちさとにとびついた。

「きゃ、うわわ、ちょ、ちょっと！」

「ありがとありがとありがと！　これからよろしくね、ちさと！」

4 シュークリーム・パニック！

次《つぎ》の日《ひ》。土曜日《どようび》の朝《あさ》。

「う――――んっ！」

目《め》をさましたウルは、ふとんの中《なか》で、おもいきりのびをした。

「よし、今日《きょう》からあたし、魔法《まほう》を使《つか》いまくって、ビシバシ修業《しゅぎょう》しちゃう！　よろしくね
……って、あれ？」

そこまで言《い》って、ウルはベッドに、ちさとがいないことに気《き》づいた。

「ちさと？　んん!!」

そのとき。ウルの鼻先《はなさき》に、ぷうんと甘《あま》い香《かお》りがただよってきた。

「くんくんくん。うわあ！　このにおい、きっと厨房《ちゅうぼう》だ！」

「パパ、お店《みせ》の前《まえ》、そうじしたよ。ガラスケースもみがいとくね」

ちさとがパパを手伝《てつだ》って、開店準備《かいてんじゅんび》をしていると、
ドタドタドタドタドタ、バタン！

階段《かいだん》をかけおりる音《おと》がして、

「うっわ――――！　いいにお――――い！」

まだ寝《ね》ぐせのついた頭《あたま》で、ウルが厨房《ちゅうぼう》の裏口《うらぐち》に立《た》っていた。

「おはよう。起《お》きたのね」

ちさとが声《こえ》をかけると、パパと山野《やまの》さんも、ウルに笑顔《えがお》をむける。

「よく眠《ねむ》れたみたいだね」

「うふふ、ウルちゃんったら、朝《あさ》から元気《げんき》ねえ」

「はいはーい！　あたしもなにかお手伝《てつだ》いさせて！……あれ、これなあに？」

言《い》うなりウルは、クリームが入《はい》ったしぼり器《き》を手《て》にとる。

「あ、ちょっと！　そんなに力《ちから》いっぱいにぎりしめたら！」

「ふげっ」

ぺしゃり！　クリームはいきおいよくとびだして、ウルのほっぺたに着地《ちゃくち》した。

（やれやれ……）

ちさとは、おしぼりをてわたしながら、説明《せつめい》した。

「それはね、シュークリームの中《なか》にしぼるクリームよ。でも、それをしぼるのはパパの役目《やくめ》。うちではね、ケーキを作《つく》るのはパパ、お手伝《てつだ》いするのは山野《やまの》さん。いきなりお菓子《かし》にかかわるお手伝《てつだ》いはできないのよ」

「ほええ、そうなんだあ……」

「それに、厨房《ちゅうぼう》は衛生第一《えいせいだいいち》。食《た》べ物《もの》をあつかうところなんだから、パジャマでうろうろするの

もダメ。わかった？」

「わかったあ――！」

「じゃあ、私《わたし》たちはむこうで、クッキーの袋《ふくろ》にお店《みせ》のラベルをはりましょ」

ウルは「はあい」と返事《へんじ》をしながら、ほっぺたのクリームをなめた。

「うわあ！　このクリーム、すっごくおいしい！　ねえねえパパ！　どうやったらこんな甘《あま》さが作《つく》れるの？」

（……やっぱりわかってない……）

ため息《いき》をつくちさとの前《まえ》で、パパはにっこりふり返《かえ》る。

「一番《いちばん》のコツはね、楽《たの》しい気持《きも》ちで作《つく》ること。楽《たの》しい気持《きも》ちで作《つく》ったお菓子《かし》は、おいしいお菓子《かし》になるんだよ」

「楽《たの》しい気持《きも》ちかあ、いいこと聞《き》いちゃった！　よーし、じゃあさっそくあたしも……」

「スト――ップ！　ちょーっとこっちに来《き》なさい！」

ちさとはウルを、裏口《うらぐち》にひっぱっていった。

「この厨房《ちゅうぼう》に、勝手《かって》に甘《あま》くしていいものは、ひとつもありません！」

「えええ!? けどあたし、修業《しゅぎょう》しなくちゃ！ 魔法《まほう》をいっぱい使《つか》わないと、きっと修業《しゅぎょう》にはならないもん！」

「だーめ！ パパが全部《ぜんぶ》バランスを考《かんが》えて作《つく》ってるんだから、どんな理由《りゆう》があっても、お店《みせ》のものに、魔法《まほう》はぜったい禁止《きんし》！ 約束《やくそく》して！」

すごみをきかせてそう言《い》うと、ウルは、ほおをぷうっとふくらませた。

「わ、わかったよ……」


ポーン。時計《とけい》の針《はり》が12時《じ》をさした。

「2人《ふたり》とも、よくやってくれたね。こっちはもうだいじょうぶだから、お昼《ひる》を食《た》べておいで」

「やったあ、もうお腹《なか》ぺっこぺこ！ ちさと、あたし先《さき》に行《い》ってるね！」

ウルは走《はし》って階段《かいだん》をのぼると、いきおいよくリビングにかけこんだ。

「お昼《ひる》、お昼《ひる》っと……あ、あった！」

テーブルには、サラダやタマゴ焼《や》きといっしょに、山《やま》もりのからあげのお皿《さら》。

「うわあ、おいしそう！　んん？」

と、ウルはテーブルの上《うえ》に、見《み》なれないものを見《み》つけた。

からあげのお皿《さら》のとなり。クリームのようなものが入《はい》ったチューブが、おいてある。

「なんだろ、これ」

ウルはチューブを手《て》にとると、しげしげとながめた。

（魔法学院《まほうがくいん》で、人間界《にんげんかい》のことはうんと勉強《べんきょう》したけど、ときどき知《し》らないものがあったりするんだよね……。あ、けどこの色《いろ》、さっきのシュークリームの中身《なかみ》とおんなじだ）

キャップをはずして、ぺろり、とひと口《くち》なめてみる。──甘《あま》くない。

「あ、わかった！　これ、甘《あま》くする前《まえ》のクリームなんだ！　よおーし、これになら、魔法《まほう》かけても怒《おこ》られないよね！」

ウルははりきって、右手《みぎて》をかざした。

「ウル・ヴァルテアル・タラテアル・パービィーラービィー・アマアマ・キュ───ン！」

キラキラキラキラキラキラ………

「あー、お腹《なか》すいた！」

そのとき、エプロンをほどきながら、ちさとがやってきた。

ちさとは、小皿《こざら》にチューブの中身《なかみ》をしぼると、からあげにたっぷりつける。

「ち、ちさと⁉　それ……？」

「え、なに、マヨネーズのこと？　ウル、マヨネーズ知《し》らないの？」

「まよ……ねえず？」

ちさとはおどろいた顔《かお》で、まじまじとウルを見《み》た。

「マヨネーズはね、なんにでも合《あ》うし、お料理《りょうり》がぐっとおいしくなる、ものすごく奥《おく》が深《ふか》い調味料《ちょうみりょう》よ。もちろんからあげとも、相性《あいしょう》ばっちり！」

「あ、あいしょう、ばっちり……？」

「どう、ウルも使《つか》ってみる？」

「うーん……。あたしは、このままでいいや」

「そう？　じゃあ食《た》べましょ。いただきまーす」

ぱくり。ちさとはいきおいよくからあげにかぶりついた。もぐもぐもぐもぐ……

「ん!?」

ぴたり、とちさとの動《うご》きがとまった。

からあげのお皿《さら》を見《み》つめ、マヨネーズを見《み》つめ、最後《さいご》にウルの顔《かお》を見《み》る。

やがてちさとは、ワナワナふるえだした。

「マヨネーズ……私《わたし》の……大好物《だいこうぶつ》を……」

「ちさと?」

「ウル! これはいったいどういうことなの!」

ウルはきょとんと、ちさとを見《み》る。

「魔法《まほう》で甘《あま》くしたんだよ。だってそれ、シュークリームの中身《なかみ》とおんなじでしょ?」

「あれはカスタードクリームで、こっちはマヨネーズ! ぜんぜんちがう!」

ちさとの剣幕《けんまく》に、ウルはおもわずムッとした。

「なによう、そんなに怒《おこ》んなくたっていいじゃん、知《し》らなかったんだもん! それに、味《あじ》見《み》もしないで食《た》べちゃうちさとも悪《わる》いよ」

「マヨネーズの味見《あじみ》なんて、いちいちするわけないでしょ。魔法《まほう》をかけたならかけたって、どうして言《い》わないの？　しかも、こんなひどい味《あじ》にしちゃって」

「ひどい味《あじ》⁉」

かちん！　ウルはいきおいよく立《た》ちあがった。

「なんだよなんだよ、ちさとのバカ！」

「あ、ウル、ちょっと待《ま》ちなさい！」

リビングをとびだすと、ちさとの部屋《へや》にかけこんで、力《ちから》いっぱいドアをしめる。

バタン！

「ウル！　開《あ》けなさい、ウルってば！」

「イ――ッだ！　ちさとなんか知《し》らない！」

「……そう、ならいいわ。私《わたし》もウルなんて知《し》らない！」

ドアのむこうで、ちさとの足音《あしおと》が遠《とお》ざかっていく。

(あたしのたったひとつの魔法《まほう》なのに！　厨房《ちゅうぼう》では魔法禁止《まほうきんし》っていうから、ちゃんと守《まも》ったのに！　なのにひどい味《あじ》って言《い》うなんて！)

ウルはもう一度《いちど》、ドアにむかってイ――ッとした。

そのとき。

「どうしたの？」

ふいに、ウルの後《うし》ろで声《こえ》がした。

ふり返《かえ》ると、おむかいの家《いえ》の窓《まど》から、男《おとこ》の子《こ》がこちらを見《み》ている。

切《き》れ長《なが》の、すずしげな目《め》もとに、すっととおった鼻《はな》すじ。

きょとんとするウルに、男《おとこ》の子《こ》はもう一度《いちど》、今度《こんど》は少《すこ》しやさしい口調《くちょう》で言《い》った。

「僕《ぼく》は、泉恭介《いずみきょうすけ》。となりに住《す》んでるんだけど……きみは？」

(きれいな顔《かお》した男《おとこ》の子《こ》だなあ……！)

怒《おこ》るすがたを見《み》られたのがはずかしくなって、ウルはうつむいて、答《こた》えた。

「あたし、ウル」

「もしかして、さっきの声《こえ》はきみとちさと？　こっちまで聞《き》こえてきたけど」

ウルはおもわず、ぷうっとほおをふくらませる。

「だってちさとってば、すっごく怒《おこ》るんだもん。あんな言《い》い方《かた》、しなくたっていいのにさ！」

すると恭介《きょうすけ》は、おどろいた顔《かお》で目《め》をまるくした。

「怒《おこ》る？　あのちさとが？　めずらしいな」

そのとき。

きゅううううう――。ウルのお腹《なか》がなった。

「ひゃっ！」

カクン！　あわてておさえたひょうしに、とんがり帽子《ぼうし》がずれる。

それを見《み》て、恭介《きょうすけ》はぷっと吹《ふ》きだした。

「あーっ、わ、笑《わら》った！」

「ごめんごめん。ちょっと待《ま》ってて、おわびにいいもの持《も》ってくるから」

一度《いちど》すがたを消《け》した恭介《きょうすけ》は、お皿《さら》を手《て》にもどってきた。

「よっ……と！」

片手《かたて》で器用《きよう》にベランダを乗《の》りこえると、ウルがいる部屋《へや》に、すとんと着地《ちゃくち》する。

「うわあ、すっごい身軽《みがる》……！」

「ないしょだよ。小《ちい》さいころから、これをすると、ちさとは口《くち》をきいてくれなくなるんだ。

あぶないからって」

いたずらっぽく笑《わら》うと、恭介《きょうすけ》はお皿《さら》を差《さ》しだした。

「よかったら、これ。お昼《ひる》の残《のこ》りで悪《わる》いけど」

「うわあ、サンドイッチ！　ありがと！」

ウルはひと切《き》れとって、あーんと大《おお》きく口《くち》を開《あ》けた。

恭介《きょうすけ》は、そんなウルを楽《たの》しそうにのぞきこむ。

「ちさとと、仲《なか》がいいんだね」

「ふが？」

開《あ》けた口《くち》をいったんとじて、ウルは首《くび》をかしげた。

「仲《なか》がいい？　なんで？　だってあたしたち、ケンカしてるんだよ」

「ほら、ちさとって小《ちい》さいころから、あれこれ考《かんが》えすぎて、自分《じぶん》の気持《きも》ちをかくしちゃうところがあるからさ。だれかにたよられることはあっても、怒《おこ》ったり、口《くち》ゲンカしたりするすがたなんて、見《み》たことないし」

「ふうん。あたしには、なんだかすっごく怒《おこ》るけど」

言《い》いながらウルは、ちさとの顔《かお》を思《おも》いうかべた。

はじめて魔法《まほう》を見《み》たときの、おどろいた顔《かお》。

ウルをここにおいてくれると言《い》った、ため息《いき》まじりの笑顔《えがお》。

だきついたときは、あわてた顔《かお》で、目《め》をシロクロさせてたっけ——。

「それってすごくめずらしいことなんだよ。だからさ、ちさととウルちゃんは、なかよしなんだなって思《おも》ったんだ」

「なかよし……ふうん……」

手《て》の中《なか》のサンドイッチを、ウルはじっと見《み》つめた。

「ねえ恭介《きょうすけ》。これ、もらっていってもいい？」

「まったくもう、ウルったら！」

ちさとはリビングで、1人《ひとり》からあげをほおばっていた。

（ウルといると、調子《ちょうし》がくるってばかり。からあげにはケチャップをつけることになるし、私《わたし》もさっきみたいに、つい大声《おおごえ》でどなっちゃうし……）

ちさとはふと、手《て》をとめた。

魔法《まほう》のことを話《はな》すときの、ウルのキラキラした瞳《ひとみ》が思《おも》いうかぶ。

「ちょっと……言《い》いすぎちゃったかな」

そのとき。ウルがひょっこり、リビングにやってきた。

とっさに目《め》をそらしたちさとのところに、ウルは近《ちか》づいてくる。

「ちさと！　あの、その……さっきは、ごめん！」

え、とふり向《む》くと、ウルはサンドイッチのお皿《さら》を、ずいっと差《さ》しだした。

「これ、おとなりの恭介《きょうすけ》がくれたの。いっしょに食《た》べよ」

きゅうううう———。お腹《なか》がなって、ウルは赤《あか》い顔《かお》でうつむく。

それを見《み》て、ちさとはおもわず、ぷっと吹《ふ》きだした。

（ホント、ウルといると、調子《ちょうし》がくるってばかり……）

「私《わたし》もさっきは怒《おこ》りすぎちゃった。あんな言《い》い方《かた》して、ごめんね」

「よかったあ！　んじゃちさと、サンドイッチ食《た》べよ！　からあげもちょうだい！　あたしもう、お腹《なか》ぺっこぺこ！」


夜《よる》。ちさとの部屋《へや》。

「じゃあウル、おやすみ」

「あ、待《ま》って！」

明《あ》かりを消《け》そうとすると、ベッドの下《した》から、ウルの声《こえ》がした。

「ねえちさと。昨日《きのう》ひと晩《ばん》『ふとん』で寝《ね》てみたけど、あたし、おしりが痛《いた》い」

部屋《へや》の床《ゆか》に、お客《きゃく》さま用《よう》のふとんをしいたのだけれど、どうやら、魔女《まじょ》にふとんは合《あ》わなかったらしい。ちさとは小《ちい》さくため息《いき》をついた。

「わかったよ。じゃあウルがベッドを使《つか》って。私《わたし》がふとんに寝《ね》るから」

「へ？　なんで？　こうすればいいんだよ！」

言《い》うなりウルは、ベッドにもぐりこんできた。ちさとはあたふたと、目《め》をまるくする。

「で、でも私《わたし》、だれかといっしょに寝《ね》たことなんてないし、それに……」

「うん、ふかふか、こっちのほうが気持《きも》ちいい！　んじゃちさと、おやすみ」

ペタリとちさとにくっつくと、ウルはすぐに、すうすう寝息《ねいき》をたてはじめた。

（……まったく、魔女《まじょ》ってホントに……）

ウルからはいつも、ほんのり甘《あま》い香《かお》りがする。

ちさとはため息《いき》をつくと、ウルを起《お》こさないように、そっととなりに横《よこ》になった。

5 学校《がっこう》でおおさわぎ

「ふふーん！　学校《がっこう》！　修業《しゅぎょう》！　夕焼《ゆうや》け魔女《まじょ》〜♪」

通学路《つうがくろ》。

鼻歌《はなうた》をうたうウルのとなりで、ちさとは大《おお》きく、ため息《いき》をついた。

（まったく、なんでウルが学校《がっこう》にまで……）

「ウルちゃんの、転校《てんこう》の手続《てつづ》きをしておいたよ」

昨日《きのう》パパにそう言《い》われたとき、ちさとはおどろいてイスからころげ落《お》ちそうになった。

「で、でもまだ、ウルはこっちの生活《せいかつ》にも慣《な》れてないし、それに……」

「やったあ——っ！　パパありがと——っ！」

けれどちさとの言葉《ことば》は、ウルの歓声《かんせい》にかき消《け》されてしまった。

かくしてウルは今日《きょう》から、ちさとのクラスで勉強《べんきょう》することになったのだった。

「……心配《しんぱい》だなあ……」

おもわずもれたちさとの言葉《ことば》に、ウルはドン！　と胸《むね》をたたく。

「お店《みせ》のものに魔法《まほう》が使《つか》えないんだもん、そのぶん学校《がっこう》で修業《しゅぎょう》のチャンスを見《み》つけなきゃ！　だーいじょうぶ、あたし、サイキンの注意《ちゅうい》をはらって修業《しゅぎょう》するから！」

「それを言《い》うなら『細心《さいしん》の注意《ちゅうい》』！　だいたい、学校《がっこう》でどうやって修業《しゅぎょう》するつもりなの？」

「それはこれから考《かんが》えるの！」

がっくりと、ちさとが頭《あたま》をかかえたとき。

「おはよう」

ふり向《む》くとそこには、恭介《きょうすけ》が立《た》っていた。

「あっ、恭介《きょうすけ》！　土曜日《どようび》はサンドイッチ、ごちそうさま！」

「どういたしましてウルちゃん。その様子《ようす》だと、仲《なか》なおりしたみたいだね」

こほん！　ちさとはひとつ、せきばらいをした。

(恭《きょう》くんは、昔《むかし》からするどいからなあ。ウルのこと、うまく説明《せつめい》しなくっちゃ)

「ええと……あらためて紹介《しょうかい》するね。この子《こ》は、早川《はやかわ》ウル。同《おな》い年《どし》の親戚《しんせき》で、しばらくいっしょにくらすことになったの。……ウル、幼《おさな》なじみの泉恭介《いずみきょうすけ》くん。恭《きょう》くんはひとつ上《うえ》の6年生《ねんせい》で、バスケットボール部《ぶ》のキャプテンなのよ」

すると恭介《きょうすけ》は、意外《いがい》そうな顔《かお》でちさとを見《み》た。

「知《し》らなかったよ、ちさとに同《おな》い年《どし》の親戚《しんせき》がいるなんて」

どきん！

(き、きた！　ここは平常心《へいじょうしん》で……)

「あ、うん、そうなの。今《いま》まであんまり交流《こうりゅう》がなかったんだけどね」

どうにかそう言《い》うと、恭介《きょうすけ》はウルに笑顔《えがお》をむける。

「あらためてよろしく。じゃあウルちゃん、今日《きょう》が転校《てんこう》1日目《にちめ》？」

「うん！　あたし、この世界《せかい》の学校《がっこう》はじめてだから、すっごく楽《たの》しみ！」

「……この世界《せかい》の？」

(ああもう、ウルのバカッ！)

「そ、それを言《い》うならこの町《まち》の、でしょ？　やだなあウル、あははは」

「なんだか、にぎやかになりそうだね。じゃあ僕《ぼく》、体育館《たいいくかん》によるから、おさきに！」

走《はし》りさる恭介《きょうすけ》の後《うし》ろすがたを見送《みおく》りながら、ちさとはどっと力《ちから》がぬけて、大《おお》きく息《いき》をついた。すると、今度《こんど》は。

「ちょっと！　道《みち》のまんなかでおしゃべりしないでくれる？」

（うわ、この声《こえ》は……）

そこにいたのは、クラスメイトの春日野《かすがの》さんだった。

頭《あたま》のてっぺんから足《あし》の先《さき》まで、最新《さいしん》ファッションを着《き》こなした春日野《かすがの》さんは、モデルのようにすましてポーズをとる。

「見《み》て、このスタイル。ママの雑誌《ざっし》で表紙《ひょうし》をかざったコーディネイトよ。どうお、おしゃれでしょ」

春日野《かすがの》さんのママは、子《こ》どもむけファッション誌《し》の編集長《へんしゅうちょう》をしている。

そのせいもあって春日野《かすがの》さんは、いつもばっちりおしゃれなファッションが自慢《じまん》なのだ。

「今日《きょう》の服《ふく》はアクティブがテーマ。きっと気《き》に入《い》ってくれるわね、恭介《きょうすけ》さ・ん・も！」

「はあ……そうかもね」

ちさとがあいまいに答《こた》えると、春日野《かすがの》さんはカッと目《め》をむいた。

「そうかもね、ですって？　なあにその言《い》い方《かた》、ちさとさん、ずいぶん余裕《よゆう》なのね！」

「……どんな言《い》い方《かた》したって、気《き》に入《い》らないくせに……」

ちさとは聞《き》こえないように、小《ちい》さくつぶやく。

「とにかく！　家《いえ》がとなりどうしだからって、恭介《きょうすけ》さんになれなれしくしないでね！　恭介《きょうすけ》さんは、ちさとさんになんか興味《きょうみ》ないに決《き》まってるんだから！」

すごい剣幕《けんまく》で言《い》うと、春日野《かすがの》さんは、今度《こんど》

はジロリと、ウルを見《み》た。

「あら。あなた、だあれ？　なあにそのへんな服《ふく》。ひょっとして転校生《てんこうせい》？」

すると。ウルは春日野《かすがの》さんをキッとにらんで、一気《いっき》にまくしたてた。

「あのねちさとはね！　なんかよくわかんないけど、とにかくぜったい負《ま》けないから！」

「え？　ちょ、ウル！」

ちさとは、おどろいてウルをふり返《かえ》る。

「それにちさとはねえ、ん！　んんんん、ん――んんん！」

あわててウルの口《くち》をおさえたけれど、おそかった。

「負《ま》けない、ですって……？」

春日野《かすがの》さんは、ワナワナとふるえながら、2人《ふたり》をにらむ。

「私《わたし》だって負《ま》けないわよ！　恭介《きょうすけ》さんと一番仲《いちばんなか》がいいのは私《わたし》なんだからね！」

フン！　と立《た》ちさる後《うし》ろすがたを見送《みおく》ってから、ちさとはやっと、ウルをはなした。

「ぷはあ！」

「もう、どうしてあんなこと言《い》ったの？　今《いま》の子《こ》は春日野美紀《かすがのみき》。同《おな》じクラスなんだよ」

「だって、すっごく感《かん》じ悪《わる》いんだもん！　ちさと、なんでなにも言《い》い返《かえ》さないの？」

「なんでって……それは……」

ちさとが言《い》いよどんだ、そのとき。

キーンコーン　カーンコーン……

「ほえ？　この音《おと》なあに？」

「ウル、たいへん！　急《いそ》がないとおくれちゃう！　走《はし》って！」


「あたし、ウル！　味《あじ》を甘《あま》くするのが大好《だいす》き！　これからどうぞよろしく！」

5年《ねん》2組《くみ》の教室《きょうしつ》。

みんなの前《まえ》で、ウルは元気《げんき》いっぱい自己紹介《じこしょうかい》した。

「味《あじ》を甘《あま》くするのが好《す》き？　どういうこと？」

だれかの声《こえ》が聞《き》こえて、ちさとは頭《あたま》をかかえた。

（転校生《てんこうせい》はただでさえ注目《ちゅうもく》されるのに！　今日《きょう》は私《わたし》がしっかりフォローしなくちゃ……）

休《やす》み時間《じかん》。

「ねえ、ウルちゃんはどこから転校《てんこう》してきたの？　家族《かぞく》は今《いま》どこにいるの？」

「あのね！　えっと……」

「私《わたし》のパパの田舎《いなか》から引《ひ》っ越《こ》してきて、家族《かぞく》は今《いま》、海外《かいがい》に。でもさみしくなるから、その話《はなし》はしたくないいんだって。ね、ウル？」

「へ？……あ、うん。そう、かな」

「ウルちゃんは、どの科目《かもく》が得意《とくい》？」

「得意《とくい》なのはべつにないけど、苦手《にがて》なのは魔法学《まほうがく》と、薬草《やくそう》の実験《じっけん》と……」

「体育《たいいく》が得意《とくい》！　だよね。ウルったらいつも元気《げんき》いっぱいだもんね？」

「ほえ？……う、うん。まあね」

「『味《あじ》を甘《あま》くするのが大好《だいす》き』って、どういうこと？」

「それはね！　あたし……」

「『甘《あま》いものが大好《だいす》き』って言《い》おうとしたのよね？　ウルったら緊張《きんちょう》しすぎよ、あははは」

クラスメイトからの質問《しつもん》に、ウルが答《こた》えようとするたび、ちさとがすかさず口《くち》をはさむ。

みっちりはりつかれて、ウルは給食《きゅうしょく》のころにはもう、ヘトヘトになっていた。

「こんなんじゃ、修業《しゅぎょう》どころじゃないよ！」

配膳《はいぜん》でにぎわう教室《きょうしつ》。

ドン！　らんぼうにトレイをおいて、ほおをふくらませるウルに、ちさとはやれやれ、と息《いき》をついた。

「まずは学校《がっこう》に慣《な》れるのが先《さき》でしょ。もし魔女《まじょ》だってばれたりしたら、取《と》り返《かえ》しがつかないんだから」

「そりゃ、まあ……そうだけど」

「学校《がっこう》のことは、今晩《こんばん》いろいろ教《おし》えてあげるから。だから今日《きょう》は、学校《がっこう》での魔法《まほう》は禁止《きんし》！」

「ちさとちゃーん。さっきもらったプリントのことなんだけど」

クラスメイトのヨリちゃんの声《こえ》がする。

わかったわね、という目《め》でウルを見《み》て、ちさとは席《せき》を立《た》った。

「ぷう。つまんないの、はりきってたのに……ん？」

ふと、ウルは牛乳《ぎゅうにゅう》に目《め》をとめた。

（そうだ！　自分《じぶん》の牛乳《ぎゅうにゅう》を甘《あま》くするだけなら、いいよね。だれにも迷惑《めいわく》かけないし、そっちのほうがおいしいし！）

ウルは右手《みぎて》をかざし、小《ちい》さな声《こえ》でとなえた。

「アマアマ・キュ——ン！」

そのとき。

「こっちこっち！　って、うわっ、あぶない！」

スコ————ン！

「ふげっ」

男《おとこ》の子《こ》がなげたミカンが、ウルの後頭部《こうとうぶ》を直撃《ちょくげき》した。

「うわっ、ごめんごめん！　あいつ、コントロール悪《わる》くてさ。だいじょうぶだった？」

「う、うん……だいじょ……ブッ！」

だいじょうぶ、と言《い》おうとして、ウルは目《め》をみひらいた。

ミカンがあたった衝撃《しょうげき》で、手《て》のひらが、あさっての方向《ほうこう》をむいている。

キラキラキラキラキラ……。

牛乳《ぎゅうにゅう》にかけるはずだった魔法《まほう》は、そこに通《とお》りかかった春日野《かすがの》さんのシチューに、たっぷりふりそそいでいた。

「あああ――――っ！」

「ん？ 今《いま》、なにか光《ひか》ったような気《き》が……。あら？ ウルさん、その手《て》どうしたの？」

ほんのり光《ひか》る手《て》のひらを背中《せなか》にかくして、ウルはぶんぶんと首《くび》をふった。

「へんなの。それに今《いま》、なにか言《い》ってなかった？ あま、あま、がどうのって、まるで呪文《じゅもん》かなにかみたいに」

(ひ、ひえええええ)

「今朝《けさ》もおかしな自己紹介《じこしょうかい》してたし、あなたって、なーんかほかの子《こ》とちがうのよねえ

……」

キラーンと光《ひか》る目《め》でウルを見《み》てから、春日野《かすがの》さんは自分《じぶん》の席《せき》に帰《かえ》っていった。

「あわわわわ」

「ウル？　どうしたの、口《くち》をぱくぱくさせて」

もどってきたちさとに、ウルはワッと泣《な》きついた。

「ええっ！　春日野《かすがの》さんのシチューに、魔法《まほう》を!?」

「ど、どどどどどうしようちさと！」

「落《お》ちついて。だいじょうぶよ、もしシチューが甘《あま》かったとしても、春日野《かすがの》さんだって、まさかウルの魔法《まほう》のせいだとは思《おも》わないはずよ」

「けど、魔法《まほう》で手《て》のひらが光《ひか》るとこ、見《み》られちゃったんだ……」

「なんですって！」

ちさとの顔《かお》が、みるみる青《あお》ざめる。

「だったら、春日野《かすがの》さんが食《た》べちゃう前《まえ》に、シチューの味《あじ》をもとにもどして！」

「そ、それが……もとにもどす魔法《まほう》は、まだ練習中《れんしゅうちゅう》なんだ。魔法《まほう》って、かけるよりもどすほうがむずかしくて……」

「あああ、ウルったらもう！」

ちさとは、自分《じぶん》のシチューを手《て》にとると、いきおいよく立《た》ちあがった。

「私《わたし》、なんとかシチューを取《と》りかえられないか、やってみる。ウルはそのあいだに、もとにもどせないか、ためしてみて！」

「わ、わかった！」

そろり、そろり。ちさとは春日野《かすがの》さんの席《せき》に近《ちか》づく。

（春日野《かすがの》さん、ロッカーの前《まえ》でおしゃべりしてる。今《いま》がチャンス……！）

シチューの器《うつわ》に、ゆっくり手《て》をのばす。

（あと50センチ、30センチ、10センチ、5センチ……よし！）

ちさとの指《ゆび》が、春日野《かすがの》さんの器《うつわ》にふれた、そのとき。

春日野《かすがの》さんが、パッとこっちをむいた。

（うわっ！）

「ちさとさん？　私《わたし》の席《せき》でなにしてるの？　どうしたの、そのシチュー」

春日野《かすがの》さんは、首《くび》をかしげて近《ちか》づいてくる。

「じ、実《じつ》はね、私《わたし》のシチュー、すごく量《りょう》が多《おお》いの。取《と》りかえてもらえないかな？」

「べつにかまわないけど……でも、どうして私《わたし》に？」

「ほら春日野《かすがの》さん、今日《きょう》もクラスで『一番《ばん》』おしゃれじゃない？　だ、だから『一番《ばん》』お腹《なか》がすいてるかなって思《おも》って」

（う、うわあ……われながら、めちゃくちゃな言《い》いわけ……！）

けれど、『一番《ばん》』という単語《たんご》が好《す》きな春日野《かすがの》さんは、満足《まんぞく》そうにうなずいた。

「たしかにそうね。ちさとさんがそこまで言《い》うなら……」

（やったあ！）

ところが。

「なーんつって、春日野《かすがの》が『一番《ばん》』ガツガツ食《た》べそうだから、だったりして」

そばで聞《き》いていた男《おとこ》の子《こ》が、まぜっかえした。

（あああ、よけいなことを！）

見《み》ると春日野《かすがの》さんの口《くち》は、どんどんへの字《じ》になっていく。

「私《わたし》、やっぱりいらない！　ちさとさん、自分《じぶん》のぶんは自分《じぶん》で食《た》べなさいよ！」

「みなさーん、配膳終《はいぜんお》わりましたー。席《せき》についてくださーい」

給食当番《きゅうしょくとうばん》の声《こえ》。ちさとは席《せき》にもどるしかなかった。

「もう、あとちょっとだったのに！　ウル、もとにもどす魔法《まほう》はどう？」

ウルがしょんぼり、力《ちから》なく首《くび》をふったとき、ついに給食当番《きゅうしょくとうばん》の号令《ごうれい》がひびきわたった。

「それではみなさん、いただきましょう」

「いただきま――す！」

いっせいにスプーンの音《おと》がはじまって、ウルはほとんど涙目《なみだめ》になった。

「うわわわわ、ちさと、ど、どうしよう！」

「で、でもほら、もしかしたら、食《た》べても気《き》づかないくらいの甘《あま》さかもしれないし」

小《ちい》さな望《のぞ》みをかけて見《み》まもる2人《ふたり》の前《まえ》で、春日野《かすがの》さんは、シチューをひと口食《くちた》べた。

「ブ――――ッ！　やだ、なにこれ！」

(うわっ！　あの反応《はんのう》、そうとう甘《あま》いんだ！)

そのとき。ちさととウルは、春日野《かすがの》さんと目《め》があった。

とたんに春日野《かすがの》さんが、眉《まゆ》をぐぐっとつりあげる。

「え？」

怒《いか》りの表情《ひょうじょう》で近《ちか》づいてくると、春日野《かすがの》さんは、ウルをビシッと指《ゆび》さした。

「ウルさん！　あなたね、私《わたし》のシチューにいたずらしたのは！」

「へっ⁉」

「だってウルさん、さっきから様子《ようす》がおかしいもの！」

「春日野《かすがの》さん！」

かばうように立《た》ちあがったちさとに、春日野《かすがの》さんは「あっ！」と声《こえ》をあげる。

「そういえばちさとさん、自分《じぶん》のシチューと私《わたし》のシチュー、取《と》りかえようとしてたわね！」

「そ、それは……」

「あれはいったい、なんだったの⁉」

(ひええ！　たいへん、早《はや》くもどさないと！)

ウルは必死《ひっし》でシチューに手《て》をかざす。けれど光《ひかり》のつぶは、思《おも》うように集《あつ》まってこない。

「わかったわ、さては、ちさとさんのいやがらせね！」

春日野《かすがの》さんの大声《おおごえ》に、クラスのみんなもさわぎはじめる。

「たしかにちさとちゃん、シチューを持《も》ってたよね」

だれかの声《こえ》が聞《き》こえて、ウルはハッと顔《かお》をあげた。

ちさとは、なにも言《い》うなというふうに、首《くび》を横《よこ》にふる。

（ど、どうしよう。このままじゃ、ちさとが悪者《わるもの》になっちゃう！　あたしのせいなのに！）

「いったいどうしたんですか？」

とうとうさわぎを聞《き》きつけて、先生《せんせい》がやってきた。

「私《わたし》のシチューが、すごく甘《あま》いんです！　それで、ちさとさんのいたずらなんじゃないかって話《はなし》をしてたんです！」

「甘《あま》い？　いたずら？」

先生《せんせい》は、首《くび》をかしげてちさとを見《み》る。

「なにか知《し》ってるの、ちさとさん？」

「い、いえ、あの……」

「先生《せんせい》！　とにかくそのシチュー、食《た》べてみてください！」

春日野《かすがの》さんの声《こえ》に、先生《せんせい》はシチューをひと口《くち》、すくいとった。

（ダ、ダメ――――っ！）

ウルがぎゅっとまぶたをとじた、そのとき。

――ぽわん。

手《て》のひらが小《ちい》さく光《ひか》った。

（え……？）

指《ゆび》の先《さき》があたたかくなって、光《ひかり》のつぶがキラキラと、手《て》のひらにもどってくる。

おどろくウルの前《まえ》で、先生《せんせい》はシチューをひと口《くち》食《た》べると、首《くび》をかしげた。

「甘《あま》いかしら？　これ、いつものシチューの味《あじ》よ」

「ええっ？　でも、さっきはとても食《た》べられないくらい甘《あま》くて！」

春日野《かすがの》さんも、ぱくりと食《た》べて「ホントだ……」と目《め》をみひらく。

「で、できたあ……」

「ふわあ……」

それを見《み》てウルとちさとは、同時《どうじ》にへなへなと座《すわ》りこんだのだった。

6 クッキーを作《つく》ろう大作戦《だいさくせん》！

ウルがちさとの家《いえ》でくらしはじめて、1週間《しゅうかん》がすぎた。

「アマアマ・キュ―――ン！」

リビング。

山《やま》もりのあられに魔法《まほう》をかけて、ウルはパクン！　とひとつぶ、味見《あじみ》をした。

「うん、あまーい！　たくさんあるあられにも、ちゃんと魔法《まほう》がいきわたってる！　甘《あま》くしたものを、もとにもどせるようにもなったし、あたし、ぜったい上手《じょうず》になってる！」

ウルがにんまり、笑《わら》っていると。

「よいしょっと」

取《と》りこんだ洗濯物《せんたくもの》をかかえて、ちさとがやってきた。

「あ、ちさと……」

ウルが声《こえ》をかけるまもなく、パパパッとてぎわよくたたんで、

「次《つぎ》はお風呂《ふろ》そうじね」

言《い》うなりちさとは、リビングを出《で》ていき、やがて汗《あせ》をぬぐいながらもどってきた。

「お風呂《ふろ》そうじ、完了《かんりょう》。あとはお夕飯《ゆうはん》の準備《じゅんび》！」

言《い》うが早《はや》いか、お皿《さら》をならべはじめるちさとを、ウルはぽかんとながめた。

学校《がっこう》から帰《かえ》ってくると、ちさとはいつもこうして、テキパキと家事《かじ》をこなす。

（けど……なんだか今日《きょう》はいつにもまして、テキパキしてるような……？）

「ちさと、あたしもお手伝《てつだ》いする！」

ウルがかけよると、ちさとは手《て》をとめずに、言《い》った。

「ありがとう。でも平気《へいき》よ、お夕飯《ゆうはん》はパパが作《つく》ったおかずをならべるだけだし。それに今《きょ》
日《う》は、一刻《いっこく》もはやく家事《かじ》を終《お》わらせたいんだ」

キラ――ン。ちさとの目《め》が光《ひか》る。

「だって今日《きょう》は、パパがおでかけする日《ひ》だから！」

「いいかい？　戸《と》じまりをぜったいに忘《わす》れないこと。夜《よ》ふかしせずに早《はや》く寝《ね》るんだよ」

玄関先《げんかんさき》で靴《くつ》をはきながら、パパは何度《なんど》も、こちらをふり返《かえ》った。

——今日《きょう》はね、パティシエの勉強会《べんきょうかい》があるの。

ちさとのとなりで、ウルは、さっき言《い》われたことを思《おも》いだす。

——だからね、パパは帰《かえ》りがおそくなるんだって。

「火《ひ》が出《で》るものはいじらないんだよ。それから、困《こま》ったことがあったら……」

「恭《きょう》くん家《ち》にお願《ねが》いしてあるからね、でしょ。私《わたし》たちはだいじょうぶだから、パパは安心《あんしん》してでかけてきて。ね？　ウル」

ちさとにあわせて、ウルはコクコクうなずいた。

パパは、小《ちい》さな子《こ》どもにするように、２人《ふたり》の頭《あたま》を、やさしくなでた。

「それじゃあ、行《い》ってくるからね」

「行《い》ってらっしゃーい！」

パタン。ドアがしまる。

「よおーし。作戦《さくせん》、開始《かいし》！」

2人《ふたり》きりの厨房《ちゅうぼう》で、ちさとは、てぎわよく準備《じゅんび》をはじめた。

「ええと、バターはさっき冷蔵庫《れいぞうこ》から出《だ》しておいたでしょ。あとは粉砂糖《こなざとう》に、アーモンドパウダー、小麦粉《こむぎこ》……」

「ね、ね、ちさと。作戦《さくせん》って、なにをするの？」

するとちさとは、はりきった声《こえ》で答《こた》えた。

「私《わたし》ね。パパがいないときをねらって、ないしょでクッキーの修業《しゅぎょう》をしてるんだ」

「へっ？　クッキーの、修業《しゅぎょう》？」

ぽかんと口《くち》を開《あ》けたウルに、ちさとは力強《ちからづよ》くうなずく。

「今《いま》はパパ、お店《みせ》にならべるものは、全部《ぜんぶ》1人《ひとり》で作《つく》ってるでしょ。おかげで朝《あさ》から晩《ばん》まで働《はたら》きどおし。かといって、パパのお仕事《しごと》のかわりができる人《ひと》はいない。だから考《かんが》えたの」

ちさとは、ぶあついノートを、ドン！　とウルの前《まえ》においた。

「なにかひとつでも、私《わたし》が作《つく》れるようになったらいいんじゃないかって」

「なになに？　くっきいけんきゅうのおと？……うわあ！」

ウルはおもわず声《こえ》をあげた。

材料《ざいりょう》、分量《ぶんりょう》、焼《や》き時間《じかん》に、タイミング。

ノートはすみからすみまで、びっしり書《か》きこまれている。

「パパの仕事《しごと》ぶりを見《み》て、データをとったの。これさえあれば、完《かん》ぺきにお店《みせ》のクッキーを再現《さいげん》できるはずよ」

「えらいっ！」

ウルは感激《かんげき》して、ちさとにだきついた。

「クッキー作戦《さくせん》、あたしも、うんとお手伝《てつだ》いするね！」

すると、ちさとはちょっと困《こま》った顔《かお》になった。

「応援《おうえん》してくれるのはうれしいけど……これはね、パパの工程《こうてい》をそのまま再現《さいげん》する、正確《せいかく》さが要求《ようきゅう》される作業《さぎょう》なのよ。ウルはお菓子作《かしづく》りに慣《な》れてないし、だから――」

「………」

しょんぼりうなだれたウルを見《み》て、ちさとは、こうつけたした。

「だからウルは、材料《ざいりょう》を手《て》わたす係《かかり》になってくれる？」

「うわ――い、やるやる！」

ちさとは手《て》のひらで、すばやくバターをかきまぜる。

（うわあ、ちさとの手《て》つき、パパそっくり！　きっと、何度《なんど》も練習《れんしゅう》したんだ……！）

「さあ、これを冷蔵庫《れいぞうこ》で寝《ね》かせて、切《き》って焼《や》いたら、できあがりよ」

1時間後《じかんご》。

焼《や》きたてのクッキーをかじって、ウルは目《め》を輝《かがや》かせた。

「おいしい！　ちさとのクッキー、むっちゃくちゃおいしい！」

けれどちさとは、「うーん……」と首《くび》をひねった。

「歯《は》ざわりが、パパのクッキーとはちがう。データは完《かん》ぺきなはずなのに、サクサク感《かん》が足《た》りない……」

「そうかなあ。おいしいと思《おも》うけどなあ、うーん」

まねして首《くび》をひねったウルの前《まえ》で、ちさとはこぶしをにぎった。

「私《わたし》、もう一度《いちど》焼《や》いてみる」

「えらいっ！」

ウルはまたまた感激《かんげき》して、ちさとにだきついた。

ふわん。そのひょうしに、小麦粉《こむぎこ》がまいあがる。

「ふえ……ふえ……」

「う、ウル？」

「ぶえ――――っくしょ――――――ん！」

「ちさと……ごめんね……」
お風呂場《ふろば》。
湯船《ゆぶね》の中《なか》で、ウルはがっくり、うなだれた。
「いいよウル。わざとやったわけじゃないんだし」

ちさとは、小麦粉《こむぎこ》をかぶって白《しろ》くなった顔《かお》で、トホホと笑《わら》う。

「それにしても……あのサクサク感《かん》はどうやったら出《で》るのかな……」

考《かん》えこんだちさとに、ウルはおもわず言《い》った。

「わからないことは、パパに聞《き》いたら？」

「ダメだよ、そんなのぜったい！」

とんでもない、という顔《かお》で、ちさとはキッと、ウルを見《み》る。

「この作戦《さくせん》はね、パパに手助《てだす》けしてもらわない、ってところが大切《たいせつ》なの。パパはプロだもの、私《わたし》が1人《ひとり》で作《つく》れるところを見《み》せなきゃ、きっと仕事《しごと》をまかせようとは思《おも》わないよ」

真剣《しんけん》な、ちさとの顔《かお》。

（そういえば）

ウルはハッと気《き》づいた。

（学校《がっこう》から帰《かえ》ると、ちさとはいつもまっさきに、厨房《ちゅうぼう》をのぞくんだよね）

――私《わたし》にも、なにかお手伝《てつだ》いすることない？

けれどパパは、いつも同《おな》じ返事《へんじ》なのだ。

――だいじょうぶだよ。お店《みせ》のことはいいから、ちさとは、自分《じぶん》の好《す》きなことをしなさい。

（そのたびにちさと、ちょっとさみしそうにしてたっけ……よーし、ここはひとつ、ちさとのやる気《き》が出《で》るように……）

ざばり！　ウルはいきおいよく立《た》ちあがった。

「ちさと、見《み》てて！　あたしの修業《しゅぎょう》の成果《せいか》！」

言《い》うなりウルは、湯船《ゆぶね》から出《で》て、バッと右手《みぎて》をかざす。

「えっ、どうしたの急《きゅう》に？　ま、まさか……ウル、ちょ、ちょっと待《ま》って……」

「アマアマ・キュ――――ン！」

キラキラキラキラキラ………

光《ひかり》のつぶが、ちさとがつかった湯船《ゆぶね》をふちどる。

「できた！　あたしね、こーんなにたくさんのお湯《ゆ》も、いっぺんに甘《あま》くできるようになったんだ！　だからちさとも、修業《しゅぎょう》すればきっとクッキーを……」

「ねえ、ウル」

ベタベタになった肌《はだ》をぬぐいながら、ちさとが言葉《ことば》をさえぎった。

「前《まえ》から思《おも》ってたんだけど……空色魔女《そらいろまじょ》の修業《しゅぎょう》って、本当《ほんとう》にこれでいいの？」

「へっ？　なんかちがうかな？　甘《あま》さが足《た》りない？」

「そうじゃなくて！　やみくもに甘《あま》くするだけでいいのかって言《い》ってるの！　とにかくもとにもどしなさい、このベタベタを、今《いま》すぐに！」

「ひゃあっ！」

首《くび》をすくめて、あわてて光《ひかり》のつぶを集《あつ》めながら、ウルは言《い》った。

「けどさ、ホントに楽《たの》しみだね。パパ、すっごくよろこぶよ」

「……そ、そうかな」

「そうだよ！　ちさとがクッキー焼《や》けるようになったら、うれしいに決《き》まってるもん！」

ウルはにっこり、小指《こゆび》を出《だ》した。

「約束《やくそく》。またぜったい、クッキーいっしょに焼《や》こう！　今度《こんど》はきっとうまくできるよ！」


それから、1週間後《しゅうかんご》。

（今日《きょう》もパパ、お店《みせ》をしめたあと、勉強会《べんきょうかい》にでかけるって言《い》ってた。クッキーを修業《しゅぎょう》するチャンス……！）

そんなことを考《かんが》えながら、ちさとが厨房《ちゅうぼう》に入《はい》ろうとすると、

「今《いま》のお客《きゃく》さま、わざわざ、となり町《まち》からクッキーをお求《もと》めにいらっしゃったんですって！」

山野《やまの》さんの声《こえ》が聞《き》こえてきて、おもわず足《あし》がとまった。

「となり町《まち》から……それはうれしいですね」

そっとのぞくと、うれしそうなパパの笑顔《えがお》が見《み》えて、ちさともつられてにっこり笑《わら》う。

「ちさとちゃんのママがお元気《げんき》だったら、よろこびますね。クッキーのレシピには、特《とく》にこだわってましたもの。お2人《ふたり》で夜《よる》おそくまで、アイディアを出《だ》しあって」

「……そうでしたね」

ふとさみしげな声《こえ》になったパパに、山野《やまの》さんが気《き》づかうように言《い》う。

「今《いま》はお1人《ひとり》で、お店《みせ》にならべるすべての商品《しょうひん》を作《つく》ってますけど、たいへんでしょう？お休《やす》みもとってないみたいだし、だれか手伝《てつだ》ってくれる人《ひと》がいればいいんですけど……」

（私《わたし》がクッキーを焼《や》けるようになったら、きっとパパ、そのぶんお休《やす》みできるはず）

ちさとが笑顔《えがお》でうなずいた、そのとき。

「だれかに手伝《てつだ》ってもらおうとは……思《おも》えないんです」

（え……？）

パパの言葉《ことば》に、ちさとは、かちんと固《かた》まった。

「妻《つま》と2人《ふたり》で作《つく》りあげたパティスリーですし……なにかが変《か》わってしまうのが、怖《こわ》いのかもしれませんね……」

（そんな……）

ちさとはぼうぜんと、その場《ば》に立《た》ちつくした。

7 パパとママのレシピ

夜《よる》。

パパがでかけたあと、ちさとは部屋《へや》で1人《ひとり》、棚《たな》の上《うえ》の写真《しゃしん》たてを手《て》にとった。

パティシエ姿《すがた》のママは、きびしいまなざしで前《まえ》をむいている。

——妻《つま》と2人《ふたり》で作《つく》りあげたパティスリーですし……。

パパの言葉《ことば》が、ずしりと胸《むね》にひびく。

(ママ……。ママって……どんな人《ひと》だったの……?)

わずかに残《のこ》る記憶《きおく》の中《なか》で、いつもちさとに、背中《せなか》をむけているママ。

他《ほか》にもなにか思《おも》いだせそうなのに、記憶《きおく》はいつも、あっというまに形《かたち》をなくしてしまう。

（ママは私《わたし》のこと……愛《あい》してくれてたの……？）

それは、いつのまにか生《う》まれた疑問《ぎもん》だった。

まだ一度《いちど》も口《くち》にしたことのない、答《こた》えのない問《と》いかけ。

（パパのお手伝《てつだ》いがしたいって思《おも》ってたけど……私《わたし》は……ママみたいには……）

「ちさと！」

ふいに声《こえ》がして、ちさとはハッと顔《かお》をあげた。

見《み》ると、ウルがちさとの部屋《へや》のドアを開《あ》けて、ひょっこりこちらを見《み》つめている。

「クッキー、焼《や》くんでしょ？　約束《やくそく》したもんね」

「……ううん、ウル、クッキーはもう……」

言《い》いかけて、ちさとはふと、口《くち》をつぐんだ。

（そうか。パパは、変《か》わってしまうのがいやだって言《い》ってたから……完《かん》ぺきに同《おな》じクッキーなら、変《か》わったことにはならないんだ。パパとママのレシピ、そのままのクッキーなら！）

静《しず》まりかえった、夜《よる》の厨房《ちゅうぼう》。

ちさとは、迷《まよ》いをふりはらうようにして、準備《じゅんび》をはじめた。

「今回《こんかい》は、バターのねり方《かた》を変《か》えてみよう。前回《ぜんかい》よりしっかり、材料《ざいりょう》をなじませて……」

「今度《こんど》こそできるよ！　ちさとならだいじょうぶ！」

けれどちさとはいつものように、ウルの言葉《ことば》に笑顔《えがお》にはなれなかった。

(完《かん》ぺきなクッキーにしなくちゃ……ぜったいに……)

「ちさと？　どうかした？」

なにも言《い》わないちさとを、ウルが不思議《ふしぎ》そうにのぞきこんだ。一瞬《いっしゅん》視界《しかい》がさえぎられる。

ちさとはおもわず、ムッとして手《て》をとめた。

「ウル。クッキー作《づく》りって、けっこう気《き》をつかうのよ。少《すこ》し、はなれていてくれない？」

「あ……そっか。ご、ごめんねちさと」

あわててあやまるウルに背《せ》をむけて、ちさとは黙々《もくもく》と生地《きじ》をねった。

やがて焼《や》きあがったクッキーは、ぷうんといい香《かお》りがした。

「うん、おいしい！　この前《まえ》のより、ずーっとサクサク！」

けれどちさとは、がっかりしてうつむいた。

(今度《こんど》は焼《や》き色《いろ》がいまいち。これじゃ、パパには認《みと》めてもらえない……なにがいけないの？)

なにも言《い》わずに、すぐ新《あたら》しいバターをねりはじめたちさとを、ウルが心配顔《しんぱいがお》で見《み》つめる。

「ちさと、だいじょうぶ？　なんだか腕《うで》がだるそうだよ。ずっと作《つく》ってるもんね」

「平気《へいき》よ。私《わたし》、やらなくちゃ」

「ちさと……。あ！　じゃあさ！」

ウルはふるい器《き》を持《も》って、はげますように、明《あか》るい調子《ちょうし》で言《い》った。

「粉《こな》ふるいはあたしがやろっか？　そのあいだ、ちさとは休《やす》めるでしょ？」

「ウル。いいって言《い》ってるのに」

「だいじょうぶだって。いつもパパがやるとこ見《み》てるもん！」

笑顔《えがお》で腕《うで》まくりして、ウルは粉《こな》をふるいはじめた。

「ええっと、ここを持《も》って、とん、とん、とん……っと」

（もう、ノートのとおりにやらなくちゃ、パパのクッキーにはならないのに……）

ちさとはイライラして、ため息《いき》をついた。

「いいよウル。最初《さいしょ》から上手《じょうず》にはできないもの。私《わたし》がやるから、かして」

「平気《へいき》だよ、ちさとは腕《うで》を休《やす》めてて。ほら、もうすぐコツがつかめそう……」

「いいってば！　じゃましないで！」

ついにちさとは、そうどなってしまった。

ハッとした顔《かお》で、ウルがちさとを見《み》る。

やがて、だまってふるい器《き》をおくと、ウルはそのまま、厨房《ちゅうぼう》から出《で》ていってしまった。

「………」

汗《あせ》をぬぐって、ちさとは1人《ひとり》で、生地《きじ》をねりはじめた。

でも、溶《と》けかけたバターがボウルにはりついて、うまくまぜられない。

両腕《りょううで》は、しびれてだんだん重《おも》くなってくる。

（私《わたし》……なにやってるんだろう……）

ふいにママの後《うし》ろすがたが、頭《あたま》の中《なか》によみがえる。

とたんに、疲《つか》れがずしりとのしかかった気《き》がして、ちさとはとうとう、ボウルをおいてうつむいた。

「私《わたし》には、無理《むり》なのかな……」

そのとき。目《め》の前《まえ》に、ふいになにかが差《さ》しだされた。

「え……？」

顔《かお》をあげると、ウルがにっこり笑《わら》う。

「さっきはごめんね。これ、ホットミルク」

ほわん。マグカップはやわらかな湯気《ゆげ》をたてている。

ミルクのやさしい香《かお》りが、ちさとの鼻先《はなさき》にただよってくる。

（ウル……）

カップを受《う》けとると、ちさとはそっとひと口《くち》、飲《の》んでみた。

「……あれ？　このミルク……ちょっとだけ甘《あま》い……」

ウルは「えへへ」とてれ笑《わら》いをうかべて、胸《むね》をはる。

「あたし、魔法《まほう》で『ちょっとだけ甘《あま》くする』を覚《おぼ》えたんだ」

「え……すごいじゃないウル！」

おもわず声《こえ》をあげたちさとを、ウルはうれしそうに見《み》つめた。

「春日野《かすがの》さんのシチューを甘《あま》くしちゃったときね、ちさとが、かばってくれたでしょ。あのとき覚《おぼ》えた『味《あじ》をもとにもどす』を応用《おうよう》して、毎日何度《まいにちなんど》も練習《れんしゅう》したら、できるようになったんだ」

「そうだったんだ……」

（そんなに練習《れんしゅう》してたなんて……私《わたし》、ぜんぜん知《し》らなかった……）

ウルはとなりに腰《こし》かけると、ちさとをまっすぐ見《み》つ

めた。

「クッキーだけでも作《つく》れるようになりたいってちさとの気持《きも》ち、あたし、すごくわかるよ。だってあたしも、たったひとつしか魔法《まほう》がないから。その、たったひとつの魔法《まほう》で修業《しゅぎょう》して、夕焼《ゆうや》け魔女《まじょ》になるんだから」

ウルの声《こえ》は、ちさとをはげますように、力強《ちからづよ》い。

ちさとは、重《おも》たくしびれた自分《じぶん》の両腕《りょううで》を見《み》つめた。

「……もしかしたら、なれないかもしれない、って思《おも》うこと、ない？」

「うんと強《つよ》く願《ねが》ってうんとがんばれば、できないことなんてないんだよ、ちさと！」

「ウル……」

ちさとはもうひと口《くち》、ミルクを飲《の》んでみた。

かちかちになっていた気持《きも》ちが、やわらかくほどけてゆく。

「……ありがとう。ウル、魔法上手《まほうじょうず》になってるよ」

「よかったあ、ちさとが笑《わら》った！」

言《い》うなりウルは、ぴょこんとちさとにとびついた。ふわんと甘《あま》い、ウルの香《かお》りがする。

（……ウルって、すごいな……）

そのとき。

カタン！　ウルの手《て》がカップにぶつかった。

「あっ！」

バシャン！　クッキーの生地《きじ》にミルクがかかる。ウルは、さあっと青《あお》ざめた。

「ご、ごめんちさと！　どうしよう、せっかくちさとが作《つく》った生地《きじ》が！」

パタン。ちさとはだまって、クッキー研究《けんきゅう》ノートをとじた。

そして手早《てばや》く、ミルクと生地《きじ》をかきまぜる。

「ち、ちさと……？」

「いきなり、パパとママのクッキーと完《かん》ぺきに同《おな》じものを作《つく》ろうなんて、無理《むり》だよね」

ひきだしからクッキー型《がた》を出《だ》して、ちさとはにっこり笑《わら》った。

「だからウル、この生地《きじ》は私《わたし》たちの好《す》きなように焼《や》こう。このクッキー型《がた》で、いろんな形《かたち》に型《かた》ぬきするの。どう、楽《たの》しそうだと思《おも》わない？」

「けど、ちさと……それじゃあ……」

「お店《みせ》のと、ちがってもいいの。私《わたし》ね、ウルとクッキーが作《つく》りたいんだ」

「ちさとっ！」

ウルはもう一度《いちど》、きゅっとちさとにとびついた。

「よおーし、じゃあ、型《かた》ぬき、開始《かいし》！」

うすくのばした生地《きじ》を、2人《ふたり》はつぎつぎと、いろいろな形《かたち》に型《かた》ぬきしていく。

「見《み》て、お星《ほし》さま！　それからアルファベットに、ハート！」

「あはは、ちさとったら、鼻《はな》の頭《あたま》まっしろだよ！」

焼《や》きあがったクッキーをひと口《くち》食《た》べて、2人《ふたり》は同時《どうじ》に顔《かお》を見《み》あわせた。

「おいしい！」

――一番《いちばん》のコツはね、楽《たの》しい気持《きも》ちで作《つく》ること。

ウルと笑《わら》いあいながら、ちさとは、いつか聞《き》いたパパの言葉《ことば》を思《おも》いだしていた。

——楽《たの》しい気持《きも》ちで作《つく》ったお菓子《かし》は、おいしいお菓子《かし》になるんだよ。

(パパとママも、こんなふうに、いっしょにクッキーを作《つく》ったのかな……)


朝《あさ》。

カーテンから差《さ》しこむ光《ひかり》で、ちさとは目《め》をさました。

「んん、もう朝《あさ》か……えっ⁉」

そこはベッドの上《うえ》。となりでは、ウルが気持《きも》ちよさそうに寝息《ねいき》をたてている。

「ウル、ウル！　起《お》きて、起《お》きてってば」

「むにゃ……ああちさと、おはよ……ってあれ？　ここ、ベッド？」

「私《わたし》たち、厨房《ちゅうぼう》で寝《ね》ちゃったみたい。パパがここまで運《はこ》んでくれたんだよ、きっと」

「えええ————っ⁉」

ドタドタドタドタドタ……バタン！

あわてて階段《かいだん》をかけおりると、厨房《ちゅうぼう》ではいつもどおり、パパがケーキをしあげていた。

出《だ》しっぱなしだった道具《どうぐ》は、きれいにかたづけられている。

(ああっ！　クッキー研究《けんきゅう》ノートも、見《み》られちゃった……！)

「パパ！　あのね、ちがうの！　私《わたし》、えっと……その……あの……」

そのとき、ちさとの腕《うで》を、ふいにウルがひっぱった。

「ちさと！　見《み》て見《み》て、あれ！」

「え？」

そこには、見《み》たことのないケーキがあった。

まっしろいクリームをたっぷりつつんだロールケーキ。そのてっぺんには――

「あ……！　私《わたし》たちのクッキー！」

星《ほし》やハート、小鳥《ことり》にアルファベット。

2人《ふたり》が作《つく》った型《かた》ぬきクッキーが、ケーキの上《うえ》にかわいらしくデコレーションされている。

「パティスリー・シトロンの新作《しんさく》ケーキだよ」

パパのやさしい声《こえ》がした。

「勉強会《べんきょうかい》にかよって、ずっと考《かんが》えていたケーキが、やっと完成《かんせい》したんだ。このクッキーのおかげでね」

いつものように頭《あたま》をなでようとして、パパは思《おも》いなおしたように、ちさとの肩《かた》に、そっと手《て》をおいた。

「これからは、このロールケーキにのせるクッキーは、2人《ふたり》に焼《や》く係《かかり》をお願《ねが》いしたいんだ。いいかな、小《ちい》さなパティシエさん」

「うわ――い、やったあ！」

ウルはとびあがると、まだぽかんとしているちさとの背中《せなか》を、つつく。

「ほら、ちさと！」

ちさとはようやく、パパに笑顔《えがお》をむけた。

「……もちろん！」

「それじゃあこのケーキに、名前《なまえ》をつけてくれるかい」

ウルと手《て》をつないだまま、ちさとはほこらしい気持《きも》ちで、厨房《ちゅうぼう》に広《ひろ》がる甘《あま》い香《かお》りを、胸《むね》いっぱいに吸《す》いこんだ。

8 恭介《きょうすけ》とウル

「どお、今日《きょう》のスタイル。ママの雑誌《ざっし》でグラビアをかざった、チアガールファッション！」

教室《きょうしつ》のまんなか。

春日野《かすがの》さんが、くるりとミニスカートをひるがえした。

「これで応援《おうえん》すれば、今年《ことし》はぜったい、優勝《ゆうしょう》まちがいなしね！」

もうすぐ、春《はる》のバスケットボール大会《たいかい》。

同《おな》じ町《まち》の小学校《しょうがっこう》どうしがきそいあうこの大会《たいかい》は、毎年《まいとし》とても、もりあがりを見《み》せる。

春日野《かすがの》さんといっしょに実行委員《じっこういいん》にえらばれたちさとは、このところ毎日《まいにち》、放課後《ほうかご》も準備《じゅんび》に追《お》われていた。

「去年《きょねん》は決勝戦敗退《けっしょうせんはいたい》で、くやしい思《おも》いをしたものね。でも今年《ことし》は、なんてったってチームの中心《ちゅうしん》に、恭介《きょうすけ》さんがいるもの！　心強《こころづよ》いわ！」

ぐっとこぶしをにぎる春日野《かすがの》さんに、ウルはきょとんとして、たずねた。

「恭介《きょうすけ》って、そんなにバスケットボール上手《じょうず》なの？」

「ウルさんは、転校生《てんこうせい》だから知《し》らないのね。うちの学校《がっこう》はね、恭介《きょうすけ》さんがメンバーになるまで、予選《よせん》で負《ま》けちゃうような、弱《よわ》いチームだったのよ」

「でも、恭《きょう》くんがみんなをまとめて、去年《きょねん》はじめて、決勝戦《けっしょうせん》まで残《のこ》ったの」

ちさともうなずく。

「さあ！　恭介《きょうすけ》さんのためにも実行委員《じっこういいん》は、できるかぎりのことをしなくちゃ！　行《い》くわよちさとさん！」

「だそうだからウル、ごめんね、今日《きょう》も先《さき》に帰《かえ》ってて」

「わかった。あ、ちさと、帰《かえ》りはなんじ……」

言《い》いおわる前《まえ》に、ちさとは春日野《かすがの》さんにひっぱられて、廊下《ろうか》のむこう、あっというまに豆《まめ》つぶほどの大《おお》きさになっていた。

「ぷう、行《い》っちゃった。いいもーん、あたしも魔《ま》法《ほう》の練習《れんしゅう》するもんね！」

公園《こうえん》の、池《いけ》のほとり。

「アマアマ・キュ――――ン！……ふう」

汗《あせ》をぬぐって、ウルはどさり、とベンチに腰《こし》かけた。

魔《ま》法《ほう》をかけたクッキーを、ひとつひとつ食《た》べくらべて、にんまりうなずく。

「甘《あま》くする魔《ま》法《ほう》も、味《あじ》をもとにもどす魔《ま》法《ほう》も、ちょっとだけ甘《あま》くする魔《ま》法《ほう》も、ばっちり！　それに、前《まえ》よりおいしい甘《あま》さになってる気《き》がする！」

ふと見《み》ると、池《いけ》のほとりで白《しろ》い花《はな》が、風《かぜ》にそよそよとゆれている。

「うわあ！　魔《ま》法《ほう》の国《くに》の、カプリアの花《はな》そっくり！　なつかしい！」

おもわずかけよって、ウルはツン、と花《はな》をつついた。

(思《おも》いだすなあ、ディアと見《み》た、まっしろいカプリアのお花畑《はなばたけ》！　はじめて会《あ》ったとき、ディアはほうきにあたしをのせて、カプリアの花畑《はなばたけ》まで飛《と》んでくれたっけ)

闇色魔女《やみいろまじょ》ディアの、すきとおった瞳《ひとみ》を思《おも》いだして、ウルはうっとり目《め》をとじた。

「あたし、毎日《まいにち》むちゃくちゃ修業《しゅぎょう》してるし、きっと、ディアに近《ちか》づけてるよね！」

見《み》あげると、空《そら》はすっかり夕焼《ゆうや》け色《いろ》。

「よーし、今日《きょう》もいい汗《あせ》かいた！　そろそろ帰《かえ》ろうっと」

池《いけ》のほとりから続《つづ》いている遊歩道《ゆうほどう》をたどれば、公園《こうえん》をぬけられる。

出口《でぐち》にむかって歩《ある》きだしたウルは、

「……ん？」

遊歩道《ゆうほどう》のとちゅうで、ふと立《た》ち止《ど》まった。

「なんだろ、この音《おと》……？」

少《すこ》しはなれたしげみから、なにやら聞《き》きなれない物音《ものおと》がする。

そっとのぞきこんで、ウルはおもわず「あっ」と声《こえ》をあげた。

そこには、バスケットボールのゴールがあった。

ぽうっと明《あ》かりに照《て》らされたその場所《ばしょ》で、男《おとこ》の子《こ》が1人《ひとり》、ドリブルをしている。

(うわあ、上手《じょうず》……！)

ポ——ン。男《おとこ》の子《こ》がなげたボールは、吸《す》いこまれるようにゴールに決《き》まった。

顔《かお》をあげた男《おとこ》の子《こ》を見《み》て、ウルは目《め》をまるくした。

「あっ、恭介《きょうすけ》！」

「ウルちゃん」

恭介《きょうすけ》はハッとこちらをむく。うれしくなって、ウルはおもわず、かけよった。

「すごいね、ボールが生《い》きてるみたい！……けど、どしたの？　こんな時間《じかん》に、1人《ひとり》で」

「僕《ぼく》、毎日《まいにち》ここで練習《れんしゅう》してるんだよ。学校《がっこう》の体《たい》育館《いくかん》は、夕方《ゆうがた》にしまっちゃうからさ。家《いえ》に帰《かえ》る前《まえ》に、ここでひみつ特訓《とっくん》ってわけ」

「えええ——っ！」

さらりとそう言《い》う恭介《きょうすけ》に、ウルは目《め》をみひらいた。

「バスケットボール部《ぶ》は、朝《あさ》はやくから放課後《ほうかご》まで、毎日《まいにち》うんと練習《れんしゅう》してるって、ちさとは言《い》ってたけど……恭介《きょうすけ》、それ以外《いがい》にも自主練習《じしゅれんしゅう》してるんだ……」

「大会《たいかい》、ぜったい優勝《ゆうしょう》したいからね」

恭介《きょうすけ》は、ひたいの汗《あせ》をぐっとぬぐった。

「うちのチーム、今年《ことし》は初戦《しょせん》から、毎年優勝《まいとしゆうしょう》してる強《つよ》いチームにあたるんだ。勝《か》てっこないって言《い》うやつもいるけど――」

真剣《しんけん》なまなざしで、ゴールを見《み》あげる。

「僕《ぼく》は、勝《か》ちたいって強《つよ》く思《おも》ってがんばれば、できないことはないと思《おも》う」

「あ――っ！」

その言葉《ことば》に、ウルはおもわず、とびあがった。

「恭介《きょうすけ》、それ！　あたしも修業《しゅぎょう》するとき、そう思《おも》うことにしてるんだ！　うんと強《つよ》く願《ねが》って、うんとがんばれば、できないことなんてない、って！」

「修業《しゅぎょう》って、なんの？」

「もっちろん、味《あじ》を甘《あま》くするまほ……あっ！」

大《おお》あわてで口《くち》をおさえたウルを、恭介《きょうすけ》は、けげんな顔《かお》で見《み》つめている。

「い、いや、だからその、甘《あま》くっていうのは、えっと……」

「……もしかしてウルちゃんは、パティシエになりたいの？」

「へっ？……あ、うん、そう！　そんなようなものかな！」

ぎこちなくうなずくウルに、恭介《きょうすけ》はにっこり、笑顔《えがお》をむけた。

「おたがいがんばろうね、ウルちゃん」

笑《わら》うと、恭介《きょうすけ》のすずしげな目《め》もとがやさしくなって、ウルは胸《むね》の奥《おく》が、ふわりとあたたかくなった。

（恭介《きょうすけ》の笑顔《えがお》って……こっちまで、うれしい気持《きも》ちになっちゃうな）


「明日《あした》は体育館《たいいくかん》で、練習試合《れんしゅうじあい》があるんだ」

家《いえ》の前《まえ》。

いっしょに帰《かえ》ってきた恭介《きょうすけ》は、別《わか》れぎわに、そう言《い》ってウルを見《み》た。

「行《い》く行《い》く！　ちさとといっしょに見《み》にいくよ！」

ウルの言葉《ことば》に、恭介《きょうすけ》は「じゃあ明日《あした》」と手《て》をふって、家《いえ》に入《はい》っていった。

「よーし、あたしも恭介《きょうすけ》に負《ま》けないように、バリバリ修業《しゅぎょう》するぞー！」

ウルが、ぐっと気合《きあ》いを入《い》れた、そのとき。

「やーっと帰《かえ》ってきたわね！　待《ま》ちくたびれたわよ！」

「へっ？」

かんだかい声《こえ》がして、ふり向《む》くと、お店《みせ》の前《まえ》に、1人《ひとり》の女《おんな》の人《ひと》が立《た》っていた。

すらりとのびた手足《てあし》、ピンク色《いろ》のくちびる。

見覚《みおぼ》えのないその人《ひと》は、ウルにむかって、挑戦的《ちょうせんてき》にほほえんでいる。

「ええっと……どなたですか？」

すると女《おんな》の人《ひと》は、どういうわけか、うれしそうに胸《むね》をそらした。

「ふふーん。ま、わからないのは当然《とうぜん》よね！　だって私《わたし》、こーんなに変《か》わったんだもの！」

言《い》うなり両手《りょうて》を広《ひろ》げて、くるり、くるりとまわりだす。

(き、きれいだけど……ちょっとへんなおねえさん……)

「でもよかったわ！　ウルにこのすがたを見《み》せる前《まえ》に、もとにもどっちゃうかと……」

と、そのとき。女《おんな》の人《ひと》の体《からだ》が、ぽうっと夕焼《ゆうや》け色《いろ》に光《ひか》りだした。

「きゃっ、たいへん！」

さけび声《ごえ》をあげると、その人《ひと》はウルの手《て》をつかみ、人影《ひとかげ》のない場所《ばしょ》までひっぱっていく。

しゅるるるる……

光《ひかり》がだんだん小《ちい》さくなり、現《あらわ》れたそのすがたは——

「あ――――っ！　れ、レーナ⁉　な、なに今《いま》の？　なんで？　どーゆーこと？」

あんぐり口《くち》を開《あ》けるウルの前《まえ》で、レーナは、得意《とくい》げに髪《かみ》をかきあげる。

「ふふーん、おどろいた？　修業《しゅぎょう》の様子《ようす》を見《み》にきた闇色魔女《やみいろまじょ》から、ウルがとなり町《まち》にいるって聞《き》いたのよ。で、私《わたし》に『きざし』が現《あらわ》れたから、見《み》せてあげようと思《おも》ってね」

「へ？……き、きざし？」

聞《き》いたことのない言葉《ことば》に、ウルは首《くび》をかしげた。

「きざしって、なに？　修業《しゅぎょう》に関係《かんけい》すること？」

「あ〜ら、どうしようかしら〜、教《おし》えちゃってもいいのかしらね〜え」

もったいぶるように、レーナはチラリと、横目《よこめ》でウルを見《み》た。

「ま、いいわ。特別《とくべつ》に、ちょっとだけよ。きざしはね、夕焼《ゆうや》け魔女《まじょ》に近《ちか》づいた合図《あいず》みたいなもの。体《からだ》が光《ひか》って、少《すこ》しのあいだだけ、15歳《さい》のすがたになれるのよ」

「えええええ――――っ⁉」

「ほかの空色魔女《そらいろまじょ》たちにも、きざしは現《あらわ》れはじめてるんですって」

（ってことは、きざしのないあたしは、ほかの子《こ》より修業《しゅぎょう》が進《すす》んでないってこと？　毎日《まいにち》あんなに魔法《まほう》の練習《れんしゅう》してるのに?)

ウルはおもわず、レーナの肩《かた》をつかんだ。

「ねえねえレーナ、どうしたらいいの?　どうやったら、きざしが現《あらわ》れるの?」

「いやあね、そんなの教《おし》えられるわけないじゃない」

ウルの手《て》をふりほどいて、レーナはフンと鼻《はな》をならした。

「ま、でもウルの場合《ばあい》はしかたないわ。だって『味《あじ》を甘《あま》くする魔法《まほう》』なんて、なんの役《やく》にもたたないもの」

カチン!　ウルはおもわず、レーナをにらんだ。

「そんなことないもん!」

「だったら、ウルの魔法《まほう》がなんの役《やく》にたつのか、言《い》ってみなさいよ」

レーナは、得意顔《とくいがお》でウルを見《み》た。

「私《わたし》の『雨《あめ》をふらせる魔法《まほう》』はね。乾《かわ》いた場所《ばしょ》をうるおすことができるし、タネが芽《め》を出《だ》すのを助《たす》けることもできる。いずれはそのタネが、大《おお》きな木《き》になることだってあるわ」

そこでいったん言葉《ことば》を切《き》って、レーナはびしりと、ウルを指《ゆび》さす。

「『味《あじ》を甘《あま》くする魔法《まほう》』は？　いったいどんなことができるのよ」

「そ、それは……」

そのとき。

「ウル？　帰《かえ》ったの？」

家《いえ》の中《なか》から、ちさとの声《こえ》がした。

それを聞《き》いて、レーナはひらひらと手《て》をふる。

「ま、永遠《えいえん》に10歳《さい》のままっていうのも、ウルらしくていいんじゃない？　じゃあもう帰《かえ》るわ、私《わたし》、修業《しゅぎょう》でいそがしいから」


次《つぎ》の日《ひ》の、放課後《ほうかご》。

「練習試合《れんしゅうじあい》なんて楽《たの》しみね、ウル！」

体育館《たいいくかん》へむかって歩《ある》きながら、ちさとはにっこり、ウルに笑顔《えがお》をむけた。

「う、うん……」

けれどウルは、昨日《きのう》のレーナの言葉《ことば》で、頭《あたま》がいっぱいだった。

(きざし……か)

「ウル？　どうかした？　昨日《きのう》から元気《げんき》がないけど」

「へっ？　な、なんでもないよ！」

試合中《しあいちゅう》の体育館《たいいくかん》には、熱《あつ》い声援《せいえん》がとびかっていた。

ウルの耳《みみ》に、力強《ちからづよ》いドリブルの音《おと》がひびく。

「あ、恭介《きょうすけ》！」

コートの中《なか》、チームメイトに声《こえ》をかけながら、恭介《きょうすけ》は走《はし》っていた。

ゴール下《した》で、恭介《きょうすけ》にパスが出《だ》される。

パシュッ！　もみくちゃになりながらも、恭介《きょうすけ》のシュートは、見事《みごと》にゴールに決《き》まった。

「やったあ！」

ウルは、公園《こうえん》で見《み》た、恭介《きょうすけ》の真剣《しんけん》なまなざしを思《おも》いだした。

(あんなに、練習《れんしゅう》してたもんね)

——ぜったい優勝《ゆうしょう》したいからね。

力強《ちからづよ》い恭介《きょうすけ》の言葉《ことば》。そして、こっちまでうれしくなるような、やさしい笑顔《えがお》。

しずんでいた気持《きも》ちが、だんだん明《あか》るくなってくる。

(そうだよ。うんと強《つよ》く願《ねが》ってうんとがんばれば、できないことなんてないもん。あたしも、うんと修業《しゅぎょう》すれば、きっとときざしが……)

そのとき。

「恭介《きょうすけ》？　どうした？」

チームメイトのするどい声《こえ》に、ウルはハッと顔《かお》をあげた。

歓声《かんせい》につつまれていた体育館《たいいくかん》は、しんと静《しず》かになる。

恭介《きょうすけ》は顔《かお》をゆがめ、足首《あしくび》をおさえたまま、ゴール下《した》でしゃがみこんで、動《うご》かない。

ウルとちさとは、あわてて立《た》ちあがった。

「恭《きょう》くん！　だいじょうぶ？」

「恭介《きょうすけ》！」

9　ウルの魔法《まほう》にできること

「恭介《きょうすけ》さん！　足《あし》をけがしたって、本当《ほんとう》ですか！」

保健室《ほけんしつ》。

廊下《ろうか》を走《はし》る足音《あしおと》がして、春日野《かすがの》さんが、すごいいきおいで、とびこんできた。

心配顔《しんぱいがお》で見《み》まもるみんなの前《まえ》で、先生《せんせい》は小《ちい》さく息《いき》をつく。

「はれてきてるわね。処置《しょち》はしたけど、しばらくは安静《あんせい》にしなくちゃいけないわ」

「しばらくって……どれくらいですか？」

「そうねえ、場合《ばあい》によっては……1週間《しゅうかん》はかかるかもしれない」

「ええ――っ、でも試合《しあい》は来週《らいしゅう》なのに！　それじゃあ恭介《きょうすけ》さん、出《で》られないかも……！」

（えっ！）

春日野《かすがの》さんの言葉《ことば》に、ウルはおもわず、恭介《きょうすけ》をふり返《かえ》った。

「平気《へいき》だって、すぐになおるよ、こんなけが」

恭介《きょうすけ》は明《あか》るく言《い》うけれど、足首《あしくび》の包帯《ほうたい》が、見《み》るからに痛《いた》そうだった。

春日野《かすがの》さんは、泣《な》きそうな顔《かお》で先生《せんせい》につめよった。

「先生《せんせい》！　恭介《きょうすけ》さんの足《あし》、もっと早《はや》くなおせないんですか？」

「魔法使《まほうつか》いでもないかぎり、それは無理《むり》よ」

（ま、魔法《まほう》……）

ウルはハッと顔《かお》をあげた。

——「味《あじ》を甘《あま》くする魔法《まほう》」なんて、なんの役《やく》にもたたないもの。

レーナの声《こえ》が、耳《みみ》の奥《おく》によみがえる。

（……あたしは……魔女《まじょ》だけど……）

視界《しかい》のはしに、恭介《きょうすけ》のまっしろい包帯《ほうたい》が見《み》えて、おもわずウルは目《め》をふせた。

（あたしの魔法《まほう》じゃ……なにも……）

うなだれて保健室《ほけんしつ》をあとにしたウルは、

「待《ま》って！」

廊下《ろうか》のとちゅうで、ちさとに呼《よ》び止《と》められた。

「どうしたの、なにも言《い》わずに出《で》ていくなんて。ウル、昨日《きのう》から様子《ようす》がへんだよ？」

ちさとは心配顔《しんぱいがお》で、のぞきこむようにウルを見《み》る。

「……あたしね」

ウルはうつむいたまま、つぶやいた。

「友《とも》だちに聞《き》かれたんだ、ウルの魔法《まほう》はなんの役《やく》にたつのって……」

ウルは右手《みぎて》を、じっと見《み》つめた。

恭介《きょうすけ》の青《あお》ざめた顔《かお》が、そこに重《かさ》なる。

（レーナの言《い》うとおり。味《あじ》を甘《あま》くする魔法《まほう》なんてホントに、なんの役《やく》にもたたない……！）

「ごめんちさと。あたし、先《さき》に帰《かえ》る……」

ちさとの視線《しせん》をさけるように、ウルは背中《せなか》をむけた。

1人《ひとり》きりのリビング。

ウルは窓辺《まどべ》に腰《こし》かけて、ぼんやりと外《そと》を見《み》つめていた。

空色《そらいろ》から、夕焼《ゆうや》け色《いろ》。空《そら》は少《すこ》しずつ、色《いろ》を変《か》えてゆく。

やがて、空《そら》は青《あお》いえのぐをぬり重《かさ》ねたような、深《ふか》い闇色《やみいろ》になった。

(……闇色魔女《やみいろまじょ》の、ケープの色《いろ》とおんなじだ)

ふと見《み》ると、闇色《やみいろ》の空《そら》のむこうに、小《ちい》さな月《つき》がうかんでいた。

(……闇色魔女《やみいろまじょ》ディアと見《み》た月《つき》は……うんと大《おお》きくて、手《て》がとどきそうだったっけ……)

ウルは、ディアとはじめて会《あ》った日《ひ》のことを、思《おも》いだしていた。


「ひっく、ひっく、ひっく……」

幼《おさな》いウルは1人《ひとり》きり、草原《くさはら》にしゃがみこんでいた。

遠《とお》くに見《み》えるのは、入学《にゅうがく》したばかりの、ドゥール魔法学院《まほうがくいん》の寮《りょう》。

早《はや》くもどらなくちゃ――そう思《おも》うのに、どうしても足《あし》が動《うご》かない。

耳《みみ》の奥《おく》にはまだ、友《とも》だちから言《い》われた言葉《ことば》が、こびりついている。

――ウルって、うそつきね！

――授業《じゅぎょう》でも、しっぱいしてばっかり。

――おちこぼれの、うそつき魔女《まじょ》ね。

（うそじゃないもん！）

ウルがおもわず耳《みみ》をふさいだ、そのとき。

「どうしたの？」

顔《かお》をあげると、そこには闇色魔女《やみいろまじょ》が立《た》っていた。

つややかな長《なが》い髪《かみ》と、ぬけるような白《しろ》い肌《はだ》。

闇色魔女《やみいろまじょ》は、おだやかなまなざしで、じっとウルを見《み》つめている。

「みんながね、ウルをうそつきって言《い》うの！　とんがり山《やま》にしか咲《さ》かないカプリアの花《はな》は、白《しろ》いお花《はな》だって言《い》ったら、うそつき、カプリアは赤《あか》いんだよって。けど、ウルのおばあちゃんは白《しろ》だって言《い》ってたもん。うそじゃないもん！」

やさしい瞳《ひとみ》にうながされるようにして、ウルは一息《ひといき》にしゃべった。

闇色魔女《やみいろまじょ》は、にっこりうなずく。

「それなら、私《わたし》といっしょに、見《み》にいきましょうか」

「え……？」

目《め》をみひらくウルの前《まえ》で、闇色魔女《やみいろまじょ》の指先《ゆびさき》に、キラキラと光《ひかり》のつぶが集《あつ》まりだした。

「うわあ！」

つぶはたちまち、ほうきの形《かたち》になった。

「私《わたし》の名前《なまえ》は、ディア。さあウル、お乗《の》りなさい」

満月《まんげつ》の夜《よる》。

ディアのほうきは、ウルを乗《の》せてまいあがった。

「すごい！　学院《がくいん》が、もうあんなにちっちゃい！」

強《つよ》い風《かぜ》が、ウルの髪《かみ》をひるがえす。

とんがり山《やま》はあっというまに、すぐ目《め》の前《まえ》にせまってきた。

「あ！　見《み》て、あそこ！　お花畑《はなばたけ》だよ！」

けれど近《ちか》づいてみて、ウルはハッと息《いき》をのんだ。

(な、ない……白《しろ》いお花《はな》なんて、1本《ぽん》も……)

夜風《よかぜ》にゆれるカプリアの花《はな》は、見《み》わたすかぎり、すべてあざやかな赤《あか》だった。

(おばあちゃんが言《い》ったことは、うそだったの……？)

ウルの目《め》に、じんわり涙《なみだ》がにじんだ、そのとき。

「よく見《み》て、ウル」

目《め》の前《まえ》で、月《つき》をかくしていた雲《くも》が、さっと晴《は》れた。

満月《まんげつ》の光《ひかり》が、あたりをみたす。すると――

「ああっ！　まっ赤《か》だったお花畑《はなばたけ》が、まっしろに光《ひか》ってる！」

「まるで、白《しろ》いじゅうたんみたいでしょう」

目《め》をみひらくウルに、ディアが言《い》う。

「満月《まんげつ》の夜《よる》、空《そら》から見下《みお》ろすとね。月《つき》の光《ひかり》をたっぷりとあびて、赤《あか》いはずのカプリアの花《はな》が、白《しろ》く輝《かがや》いて見《み》えるの。この景色《けしき》はね、空《そら》を飛《と》べる魔女《まじょ》しか見《み》ることができないのよ」

「お空《そら》を飛《と》べる、魔女《まじょ》しか……」

ウルの胸《むね》が、ドキドキと高鳴《たかな》りだす。

(すごい！)

一瞬《いっしゅん》ですべてとびこえて、だれも知《し》らないこんな景色《けしき》を、見《み》ることができるなんて――

「ディアはすごいね！　お空《そら》を飛《と》べるって、すてきだね！　あたしは、おちこぼれだから……きっとディアみたいには、なれないけど……」

「なれるわ」

ディアは、きっぱりと言《い》った。

「うんと強《つよ》く願《ねが》って、うんとがんばれば、できないことなんてないのよ、ウル」

すきとおった瞳《ひとみ》が、まっすぐにウルをとらえた。

見《み》わたすかぎりのまっ白《しろ》い花畑《はなばたけ》が、夜風《よかぜ》にやさしくゆれている。

「うんと強《つよ》く願《ねが》って、うんとがんばれば……」

つぶやくと、ウルは力強《ちからづよ》くうなずいた。

「あたし、その言葉《ことば》忘《わす》れない！　ディアみたいな、りっぱな魔女《まじょ》になる！　約束《やくそく》！」


「約束《やくそく》、かあ……」

ウルは窓《まど》から見《み》える、小《ちい》さな月《つき》をあおいだ。

「ディアの魔法《まほう》で、あたしはすごく、幸《しあわ》せな気持《きも》ちになったっけ……」

目《め》をとじると、包帯《ほうたい》をまいた恭介《きょうすけ》のすがたが、くっきりうかびあがる。

「なのに……あたしの魔法《まほう》は……」

そのとき。

リビングのドアがあいて、ちさとが入《はい》ってきた。

「ウル、これ」

ちさとはまっすぐやってくると、ウルに、小《ちい》さな器《うつわ》を差《さ》しだした。

のぞきこむと、まあるい器《うつわ》の中《なか》が、ぷるんと光《ひか》っている。

「カスタードプリン。プリンはね、私《わたし》が最初《さいしょ》に作《つく》れるようになったデザートなの」

ちさとは「食《た》べて」と言《い》うように、目《め》の前《まえ》にスプーンをおく。

「…………」

少《すこ》しだけすくって、ウルはひと口《くち》、食《た》べてみた。

「あ……おいしい」

口《くち》いっぱいに広《ひろ》がった、ひんやりとやさしい甘《あま》さ。

ふんわりただよう、バニラの香《かお》り。

おもわず顔《かお》をあげたウルに、ちさとは「よかった」とほほえむ。

「このあいだの、ホットミルクのお礼《れい》。ウルのおかげで、すてきなクッキーができたから」

けれどその言葉《ことば》に、ウルはまた、うつむいてしまった。

あれは、あたしのおかげなんかじゃないよ——

言《い》いかけたとき、ちさとの声《こえ》がした。

「甘《あま》いものにはね。人《ひと》を笑顔《えがお》にする力《ちから》があるんだ」

「……え？」

「これね、パパの言葉《ことば》。甘《あま》いものを食《た》べて、怒《おこ》りだす人《ひと》はいないでしょ？　大人《おとな》も子《こ》どもも、男《おとこ》の人《ひと》も女《おんな》の人《ひと》も、みんな必《かなら》ず笑顔《えがお》になる。それを一番近《ばんちか》くで見《み》られるパティシエは、とても幸《しあわ》せな仕事《しごと》だって。私《わたし》もそう思《おも》う」

ちさとは、自分《じぶん》もスプーンをとって、プリンをひと口《くち》食《た》べた。

にっこり笑顔《えがお》になると、ウルの手《て》のひらを、ぎゅっとにぎりしめる。

「ウルの魔法《まほう》は、なんの役《やく》にたつのかって言《い》ってたでしょ。私《わたし》、その答《こた》えを知《し》ってるよ。ウルの魔法《まほう》にはね、人《ひと》を笑顔《えがお》にする力《ちから》があるんだよ」

ウルは、おどろいて、自分《じぶん》の右手《みぎて》を見《み》つめた。

「人《ひと》を、笑顔《えがお》にする力《ちから》……」

それは、思《おも》ってもみない言葉《ことば》だった。

「おもわずにっこりしちゃう幸《しあわ》せな気持《きも》ちを、ウルは作《つく》りだすことができる。それって、すごく特別《とくべつ》なことだと思《おも》わない？」

「ちさと……」

ウルをはげますように、ちさとは力強《ちからづよ》くうなずく。

つないだ手《て》のひらは、じんわりとあたたかい。

重《おも》かった気持《きも》ちが、ちさとの一言《ひとこと》で、さあっと晴《は》れていくような気《き》がした。

（あたしにも……恭介《きょうすけ》に、できることがある！）

ウルは、ちさとの手《て》をきゅっとにぎり返《かえ》して、言《い》った。

「ちさと！　あたしにプリンの作《つく》り方《かた》、教《おし》えて！」


公園《こうえん》の奥《おく》の、バスケットコート。ウルは木《き》と木《き》のあいだから、そっとのぞきこんでみた。

（やっぱりここにいた！　恭介《きょうすけ》……！）

恭介《きょうすけ》は1人《ひとり》、ゴールを見《み》つめていた。

足首《あしくび》には、白《しろ》い包帯《ほうたい》。

いつもの恭介《きょうすけ》とはうってかわって、思《おも》いつめたまなざしで立《た》ちつくしている。

（どうか、笑顔《えがお》になってくれますように！）

ウルは、祈《いの》るような気持《きも》ちで深呼吸《しんこきゅう》すると、大《おお》きな声《こえ》で呼《よ》びかけた。

「恭介《きょうすけ》！」

ウルの声《こえ》に、恭介《きょうすけ》は、ハッとこちらを見《み》る。

「おうちに行《い》ったら、まだ帰《かえ》ってないって言《い》われて」

「……走《はし》り回《まわ》るわけにはいかないけど、シュートだけでも練習《れんしゅう》したくて。じっとしてると、どうしてもあせっちゃうからね」

目《め》をふせる恭介《きょうすけ》の前《まえ》で、ウルはかかえていた紙袋《かみぶくろ》を、ガサゴソと開《あ》けた。

「恭介《きょうすけ》、あのね。あたし、わたしたいものがあるんだ。……これ！」

手《て》の中《なか》のものを見《み》て、恭介《きょうすけ》は目《め》をまるくした。

「ウルちゃんそれ……ティーポット？」

「うん！　あ、えっと……中身《なかみ》はね、プリン！」

「プリン？」

決《き》まり悪《わる》くなって、ウルはえへへと、頭《あたま》をかいた。

「今《いま》までで一番《いちばん》おいしいのを作《つく》りたくて、何度《なんど》もためしてたら、器《うつわ》がなくなっちゃったんだ。コップにも、お茶碗《ちゃわん》にも、計量《けいりょう》カップにも作《つく》って、最後《さいご》に残《のこ》ったのが、ティーポットだったの。あ、けどね、味《あじ》はばっちり！　だから！」

そう言《い》うと、ウルはティーポットを差《さ》しだした。

「ウルちゃん……」

恭介《きょうすけ》はじっと、ティーポットを見《み》つめる。

フタを開《あ》けると、魔法《まほう》がかかったプリンから、キラキラと、光《ひかり》のつぶがこぼれ落《お》ちた。

ぴんと張《は》りつめていた恭介《きょうすけ》のまなざしが、ほんの少《すこ》し、ゆれたように見《み》えた。

スプーンを手《て》にとって、恭介《きょうすけ》はプリンをひとさじ、口《くち》に運《はこ》んだ。

――大会《たいかい》、ぜったい優勝《ゆうしょう》したいからね。

ウルの胸《むね》の奥《おく》に、恭介《きょうすけ》の、力強《ちからづよ》い言葉《ことば》がひびく。

（お願《ねが》い、いつもみたいに笑《わら》って……！）

じっと見《み》まもるウルの前《まえ》で、恭介《きょうすけ》は目《め》をみひらいた。

「これ……」

それから、ふわりとほほえむ。

それは、こっちまでうれしい気持《きも》ちになるような、いつもの恭介《きょうすけ》の笑顔《えがお》だった。

「すごくおいしい。ウルちゃん、ありがとう。僕《ぼく》、試合《しあい》までに足《あし》をなおして、ぜったい優《ゆう》勝《しょう》するから！」


ピ――――！

試合終了《しあいしゅうりょう》のホイッスルが、体育館中《たいいくかんじゅう》にひびく。

とたんに応援席《おうえんせき》の生徒《せいと》たちが、ワッと立《た》ちあがった。

「勝《か》った、勝《か》ったわ！　恭介《きょうすけ》さーん！」

春日野《かすがの》さんが、チアガールの衣装《いしょう》で、両手《りょうて》をふりあげてさけぶ。

ちさとはにっこり笑《わら》って、ウルを見《み》た。

「やったね！」

試合《しあい》は、恭介《きょうすけ》たちのチームが勝《か》った。

去年優勝《きょねんゆうしょう》したチームに、見事勝利《みごとしょうり》をおさめたのだった。
大活躍《だいかつやく》だったキャプテンに、チームメイトがワッととびつく。
「恭介《きょうすけ》！」
ウルが呼《よ》びかけると、恭介《きょうすけ》はこちらをむいて、笑顔《えがお》で手《て》をふった。
（よかった、ホントによかった！）
胸《むね》の奥《おく》がふんわりあたたかくなって、ウルもにっこり、手《て》をふり返《かえ》した。

10 ディアがやってきた

夕方《ゆうがた》のひとときｌ。

「ふんふんふんふ～ん♪」

鼻歌《はなうた》をうたいながら、ウルが空色《そらいろ》とんがり帽子《ぼうし》に、ブラシをかけていると。

「ウル――――！」

ドタドタドタドタ、バタン！

階段《かいだん》をかけあがる音《おと》がして、ちさとが部屋《へや》にとびこんできた。

「どしたの、ちさと？」

きょとんとするウルの前《まえ》に、ちさとはいきおいよく、おせんべいの袋《ふくろ》をつきだす。

「ウル！　このおせんべい、どうしてプリンの味《あじ》がするの？」

ウルは「あっ」と声《こえ》をあげて、頭《あたま》をかいた。

「あたしね、プリンに魔法《まほう》を使《つか》いすぎて、今呪文《いまじゅもん》をとなえると、どれもプリン味《あじ》になっちゃうんだ。だから実験《じっけん》ってことで、おせんべいがどんなふうになるかを――」

「ためさなくていいでしょ、そんなの！　うっかり食《た》べちゃった山野《やまの》さんを、ごまかすのたいへんだったのよ！」

「うわあちさと、ごめん、ごめんってば！」


「んもう、あんなに怒《おこ》んなくてもいいのにさあ」

公園《こうえん》の、池《いけ》のほとり。

家《いえ》から逃《に》げだしたウルは、ぷうっとくちびるをとがらせた。

「けど、プリン……恭介《きょうすけ》がよろこんでくれて、うれしかったなあ……」

目《め》をとじると、恭介《きょうすけ》が見《み》せてくれた、バスケットボール大会《たいかい》の、優勝《ゆうしょう》トロフィーがうかぶ。

トロフィーは今《いま》、校長室前《こうちょうしつまえ》のガラスケースの中《なか》で、ほこらしげに輝《かがや》いている。

——ウルちゃんのティーポットプリン、本当《ほんとう》においしかったよ。

恭介《きょうすけ》の言葉《ことば》を思《おも》いだして、ウルはえへへ、と笑《わら》った。

「よおーし、1日《にち》も早《はや》くきざしが現《あらわ》れるように、もっともっとがんばるぞー！」

そのとき。

「気合《きあ》いじゅうぶんね、空色魔女《そらいろまじょ》さん」

ウルのすぐ後《うし》ろで、声《こえ》がした。

なにげなくふり返《かえ》って、ウルはかちんと固《かた》まった。

つややかな長《なが》い髪《かみ》に、ぬけるような白《しろ》い肌《はだ》。

深《ふか》い闇色《やみいろ》のスカートを風《かぜ》になびかせて、やさしくほほえむその人《ひと》は——

「……ディア……？」

かすれたような声《こえ》が出《で》た。

はじめて会《あ》った日《ひ》から、何度《なんど》も何度《なんど》も思《おも》いだした笑顔《えがお》。

右手《みぎて》に持《も》ったほうきも、おだやかなまなざしも、あのときのまま。

「ホントに……ホントにホントのディアなの……？」

「ウル、大《おお》きくなったわね」

「ディア！　ディア、会《あ》いたかった！」

ウルは胸《むね》がいっぱいになって、ディアにとびついた。

「かわいい空色魔女《そらいろまじょ》さんの様子《ようす》を見《み》にきたのよ。ウル、修業《しゅぎょう》はどう？」

「うん！　あのね――」

ウルはディアに、今《いま》までのことを話《はな》した。

たったひとつだけさずかった魔法《まほう》が、味《あじ》を甘《あま》くする魔法《まほう》だったこと。

ちさとという女《おんな》の子《こ》の家《いえ》に、いっしょに住《す》んでいること。

2人《ふたり》でクッキーやプリンを作《つく》ったこと——。

「だからね。きざしは、まだ現《あらわ》れないけど……あたし、毎日《まいにち》すっごく楽《たの》しいんだ！」

「そう。それはすてきね」

大好《だいす》きなディアに言《い》われて、ウルはおもわず、ぴょこんととびあがった。

「あたし、もっともっとがんばる！　ちさとも、すっごく応援《おうえん》してくれてるし！」

「え……応援《おうえん》……？」

「うん！　ウルならできるって！」

けれど、ウルのその言葉《ことば》に、ディアの笑顔《えがお》は、ぴたりととまった。

「ねえ、ウル。ちさとちゃんはもちろん、ウルが空色魔女《そらいろまじょ》だってこと知《し》らないのよね？」

「へ？……あっ！」

(うわあ、しまった！　ちさとには記憶《きおく》の実《み》を使《つか》うことになってるから……ちさとが、あたしの修業《しゅぎょう》を応援《おうえん》してるなんて、おかしいんだ！　あたしってば、つい！)

「もっ、もちろん、し、知《し》らないよ！」

「記憶《きおく》の実《み》も、ちゃんと使《つか》ったのよね？」

吸《す》いこまれそうにきれいな瞳《ひとみ》で、ディアはウルを、じっと見《み》つめる。

「だ、だっておきてをやぶったら、ま、魔法《まほう》が消《け》されちゃうんだよ？　と、当然《とうぜん》使《つか》ったに、き、決《き》まってる、ですよ……」

しどろもどろのウルを、まっすぐのぞきこむと、

「……そう」

ディアはやがて、にっこり笑《わら》った。

「ウル。今《いま》から、あなたが住《す》んでるケーキ屋《や》さん、遊《あそ》びに行《い》ってもいいかしら？」

「ええええっ!?」


パティスリー・シトロンの前《まえ》。

「ここが、ウルの修業先《しゅぎょうさき》なのね」

どこか楽《たの》しげに、お店《みせ》を見《み》あげるディアのとなりで、ウルは青《あお》ざめていた。

（ど、どうしよう、いきなりつれてきちゃったけど……ちさと、ちゃんとディアの前《まえ》で、ひみつを知《し》らないふり、してくれるかな……）

そのとき、ドアのむこうから、ちさとの声《こえ》が聞《き》こえてきた。

「ウル、帰《かえ》ったの？　まったく、修業《しゅぎょう》とは言《い》えプリン味《あじ》なんて、今度《こんど》やったら……」

「わーっ！　わーっ！　ちさと！」

ドアを開《あ》けたちさとは、ディアを見《み》て「あれ？」という顔《かお》になる。

ディアはゆっくり、ウルをふり返《かえ》った。

「修業《しゅぎょう》、ですって？」

「あ、ち、ちさと、紹介《しょうかい》するね。こちらディア。修業先《しゅぎょうさき》、じゃなくてえっと、引《ひ》っ越《こ》し先《さき》を見《み》に、わ、わざわざ、よってくれたんだ」

（お、お願《ねが》いちさと、気《き》づいて！）

しきりに目《め》くばせをするウルに、ちさとは「え？」と首《くび》をかしげる。

それから、闇色《やみいろ》ドレスを身《み》にまとったディアを見《み》て「ああ！」という顔《かお》になった。

小《ちい》さくうなずくと、いつもどおりの笑顔《えがお》をむける。

「ウルからお話《はなし》は聞《き》いてます。はじめまして、私《わたし》、早川《はやかわ》ちさとです」

「ねえ、ちさとちゃん。今《いま》、修業《しゅぎょう》がどうのって言《い》ってたようだけど」

(はわわわわ！　ち、ちさと、が、がんばって！)

「私《わたし》もウルも、パティシエ修業中《しゅぎょうちゅう》なんです。毎日《まいにち》2人《ふたり》で、お菓子作《かしづく》りの練習《れんしゅう》してるんですよ。ね、ウル」

「う、うんそう、修業《しゅぎょう》ってパティシエ修業《しゅぎょう》！　ってちさとは思《おも》ってる！　じゃ、じゃあディア、お店《みせ》も見《み》たし、また今度《こんど》ゆっくり……」

言《い》いかけたウルをさえぎって、ディアは1歩《ぽ》、前《まえ》に出《で》た。

「せっかくだから、お部屋《へや》のほうにもおじゃましていいかしら」

「ええええええーっ!?」


「ここが、2人《ふたり》のお部屋《へや》なのね……あら？」

ちさとの部屋《へや》に入《はい》るなり、ディアは壁《かべ》にはられた『きまりごと』の紙《かみ》に目《め》をとめた。

「……部屋《へや》はかわりばんこにそうじする、山野《やまの》さんのお腹《なか》は勝手《かって》にさわらない……え？

むやみにものを甘《あま》くしない？　ねえ、ちさとちゃん、最後《さいご》のはどういう意味《いみ》？」

（うわあ、しまった！　あんなとこにはるんじゃなかった！）

頭《あたま》をかかえるウルの前《まえ》で、ちさとは、顔色《かおいろ》ひとつ変《か》えずに言《い》う。

「ウルったら、なんにでもお砂糖《さとう》を入《い》れちゃうんです。パティシエの修業《しゅぎょう》だ！　なんて言《い》って。だから、その決《き》まりを作《つく》ったんですよ」

（さっすが、ちさと！）

ホッと息《いき》をついたウルは、ふり返《かえ》ったディアと目《め》があった。

「そういえば、ウルとちさとちゃんは、どういう関係《かんけい》なのかしら」

2人《ふたり》は、同時《どうじ》に答《こた》える。

「い、いとこ！」

「親戚《しんせき》です」

（うわっ！　どどど、どうしよう、ずれちゃった！）

ちさとを見《み》ると、ジト――ッと、こちらをにらんでいる。

（そ、そうだ！　あたし、パパたちには『親戚《しんせき》』って言《い》ったんだった……！）

ちさとは、なにごともなかったように、にっこり言《い》いなおした。

「親戚《しんせき》ですね。正確《せいかく》にはいとこですけど。でも、あんまり似《に》てないんです」

「そうだったわね。……あら、おいしそうなおせんべい。1枚《まい》いただいていいかしら」

「あっ！」

ディアが手《て》にとった袋《ふくろ》を見《み》て、ウルはとびあがった。

（あれ、魔法《まほう》でプリン味《あじ》にしちゃったやつだ！　どうしよう、今度《こんど》こそおしまいだあ！）

そのとき。ちさとがディアにとびついて、おせんべいの袋《ふくろ》をふんだくった。

「モガモガモガ………」

そのまま、口《くち》いっぱいにほおばる。

「ちょっとちさとちゃん、だいじょうぶ？　どうしたの急《きゅう》に」

「わ、私《わたし》、おせんべい大好《だいす》きで、今《いま》みたいに突然《とつぜん》食《た》べたくなるんです。それにしてもウル、こんなところにおせんべい出《だ》しっぱなしにするなんて、あとでちょーっと話《はなし》があるからね、あはは……ゴホッ！　ゴホッ！」

(ひゃあああ、ちさと、ごめん！)

そんなちさとをじっと見《み》つめていたディアは、やがて、すっと手《て》を出《だ》した。

「ねえ、ちさとちゃん。これを見《み》たことあるかしら」

「え？」

のぞきこんだちさとの体《からだ》が、びくん、とふるえる。

「それは……！」

(き、記憶《きおく》の実《み》！)

ウルはおもわず、そうさけびそうになった。

ディアは、まっ赤《か》な実《み》を手《て》のひらにのせたまま、ちさとの顔《かお》を、まっすぐ見《み》つめる。

「この実《み》はね。ぱちんとたたくと、不思議《ふしぎ》なことが起《お》きるのよ」

「ディア！　ちょ、ちょっと、なに言《い》ってるの⁉」

ごくり。ちさとは、つばを飲《の》みこむ。

もしここであわてたら、ウルがおきてをやぶったと気《き》づかれてしまう――

覚悟《かくご》を決《き》めたようにうなずくと、ちさとは、ディアにむきなおった。

「ふ、不思議《ふしぎ》なこと？　へえ、どんなことですか」

「今《いま》ここで、ためしてみてもいいかしら」

ディアは、なにかを見《み》きわめようとするように、じっと目《め》をそらさない。

ちさとは、なにも言《い》えずにだまりこんだ。

「じゃあ、行《い》くわよ」

ディアが、記憶《きおく》の実《み》をかざす。ウルは、ついにさけんだ。

「ディア、やめてお願《ねが》い！　ホントのこと言《い》うから！」

そのとき。

「なあんて、冗談《じょうだん》よ」

「へ……？」

「からかってごめんなさい。本当《ほんとう》はね、不思議《ふしぎ》なことなんて、なにも起《お》きないの。これは、ただの木《き》の実《み》よ」

（ディア……？）

記憶《きおく》の実《み》をしまうと、ディアは立《た》ちあがった。

「じゃあ私《わたし》、そろそろ帰《かえ》るわ」

「待《ま》って、待《ま》ってディア！」

お店《みせ》の外《そと》。

ディアを追《お》いかけて、ウルは、ドアからとびだした。

「ディア、あの、その……」

ディアは立《た》ち止《ど》まって、なにも言《い》わずに、ウルの言葉《ことば》を待《ま》っている。

「えっと……あたしね、きざしはまだないけど、ちょっとずつ魔法《まほう》の使《つか》い方《かた》がわかってきてね、毎日《まいにち》すごく楽《たの》しくて、それで……これ！」

ウルは、小《ちい》さな箱《はこ》を、ディアの前《まえ》に差《さ》しだした。

「ロールケーキ。『ちさとロール』って名前《なまえ》なの。上《うえ》にのってるクッキーは、あたしとちさとで焼《や》いててね、お店《みせ》で人気《にんき》のケーキなの。だから、ディアに食《た》べてほしくて」

ウルは、どうにか伝《つた》えたかった。

パパが、新作《しんさく》ケーキにクッキーをのせてくれたときの、ほこらしい気持《きも》ち。

てれるちさとを説得《せっとく》して、『ちさとロール』と名前《なまえ》をつけたこと。

ちさとロールが売《う》れるたびに、ふんわり幸《しあわ》せな気持《きも》ちになること。

自分《じぶん》の魔法《まほう》が、どんどん好《す》きになってきたこと──。

言葉《ことば》をさがすウルの前《まえ》で、ディアは、ケーキの上《うえ》のクッキーをひと口《くち》かじって、

「とてもおいしいわ、ウル」

と、ほほえんだ。

「うわあ、よかった！」

「ちさとちゃんって、いい子《こ》ね」

「でしょ！」

「でもウル。だからって、おきてをやぶっていいことには、ならないわ」

「あ……」

（やっぱりディア、気《き》づいてたんだ！）

おもわず体《からだ》をかたくしたウルに、ディアは聞《き》いた。

「ウルは、本当《ほんとう》に夕焼《ゆうや》け魔女《まじょ》になりたい？」

「なりたいよ、もちろん！」

するとディアは、ウルをまっすぐ見《み》つめて、言《い》った。

「ちさとちゃんといっしょにいたら、あなたは、夕焼《ゆうや》け魔女《まじょ》になれないかもしれない」

「え……？」

（ちさとといたら、夕焼《ゆうや》け魔女《まじょ》に、なれない……？）

がつんと頭《あたま》をなぐられたようなショックで、ウルはぼうぜんとディアを見《み》た。

「な、なんで？　あたしが、おきてをや

ぶったから？」

かなしげな瞳《ひとみ》で、ディアはなにも言《い》わずに、ウルを見《み》つめる。

「ねえ、なんで⁉　だってちさとは、いつもあたしを応援《おうえん》してくれて、あたしも、ちさとのそばだとすっごく力《ちから》がわいてきて、とっても心強《こころづよ》くて、それで——」

思《おも》いがあふれて、すぐに言葉《ことば》が出《で》てこない。

ディアは、きびしいまなざしになって、言《い》った。

「ウル。私《わたし》はね、この地域《ちいき》を担当《たんとう》する闇色魔女《やみいろまじょ》なの。きざしのない空色魔女《そらいろまじょ》をみちびくのも、おきてをやぶる魔女《まじょ》がいないかを監視《かんし》するのも、私《わたし》の役目《やくめ》なのよ」

「え、ディアが⁉」

（じゃあディアは、おきてをやぶったあたしの魔法《まほう》を、消《け》すことができるんだ……！）

「記憶《きおく》の実《み》を使《つか》わなかったことは、今《いま》は目《め》をつぶりましょう。でも——」

ディアはウルを、まっすぐ見《み》つめた。

「ウル。これは闇色魔女《やみいろまじょ》として命《めい》じます。今《いま》から10日以内《とおかいない》にきざしが現《あらわ》れなかったら、あなたは修業先《しゅぎょうさき》を変《か》えなさい」

11 どうしたら、きざしが？

ディアが来《き》てから、数日《すうじつ》がすぎた。

「ここと、ここを重《かさ》ねて……できた！」

リビングのテーブルで、ちさとはウキウキと、大量《たいりょう》のチラシを折《お》っていた。

「これは、コミュニティーセンターにおいてもらうぶん。商店街《しょうてんがい》の掲示板《けいじばん》にも、はらせてもらえるって、ウル！」

折《お》りあがったぶんをまとめながら、となりにいるウルに話《はな》しかける。

チラシには、こんな言葉《ことば》が書《か》かれていた。

パティスリー・シトロン

オーダーメイドケーキ、お作《つく》りします

お客《きゃく》さまのご希望《きぼう》にあわせて、お好《す》きな食材《しょくざい》で、お好《す》きなかたちに
特別《とくべつ》な日《ひ》に、世界《せかい》でひとつだけの、オリジナルケーキを！

――最近《さいきん》は、小《ちい》さなパティシエさんたちが、がんばってくれるからね。ずっとやりたかったこのサービスが、こうして実現《じつげん》できたんだよ。

パパの言葉《ことば》を思《おも》いだすたび、ちさとは胸《むね》がくすぐったくなって、にんまり笑《わら》ってしまう。

「世界《せかい》でひとつだけのケーキだなんて、考《かんが》えただけでワクワクするね、ウル！」

けれど。ウルにちさとの声《こえ》は、聞《き》こえていなかった。

（……修業先《しゅぎょうさき》を、変《か》える……）

あの日《ひ》から、ウルの頭《あたま》の中《なか》は、そのことでいっぱいだった。

魔法《まほう》を練習《れんしゅう》していても、学校《がっこう》に行《い》っても、ディアの言葉《ことば》が、頭《あたま》からはなれない。

――ウル。どうして記憶《きおく》の実《み》のことが、おきてで決《き》まっていると思《おも》う？

あの日《ひ》。

ディアは別《わか》れぎわに、ウルにそうたずねた。

――それはね、一人前《いちにんまえ》の魔女《まじょ》になりたいという気持《きも》ちが、ぜったいに、ゆらがないようになの。私《わたし》たちにとって一番大切《いちばんたいせつ》なのは、闇色魔女《やみいろまじょ》になること。でも人間《にんげん》と親《した》しくなりすぎると、それを最優先《さいゆうせん》にはできなくなるわ。だから――

「ウル？　ねえ、ウルってば」

ウルは、ハッと顔《かお》をあげた。

見《み》るとちさとが、心配顔《しんぱいがお》でのぞきこんでいる。

「ウル。この前《まえ》ディアさんが来《き》たときから、なんだか様子《ようす》がおかしいよ。やっぱりなにか言《い》われたんじゃない？　記憶《きおく》の実《み》のこと」

ウルはあわてて、笑顔《えがお》を作《つく》った。

「や、やだなあちさと、平気《へいき》だってば。ディアはね、記憶《きおく》の実《み》を使《つか》わなかったこと、目《め》をつぶってくれるって。だから早《はや》くきざしが現《あらわ》れるように、がんばりなさいねって言《い》われただけ」

「それならいいけど……でもウル、ここ何日《なんにち》か、前《まえ》にもまして魔法《まほう》の練習《れんしゅう》してるみたいだし……なにか、かくしてない？」

ずきん。

――ちさとちゃんといっしょにいたら、夕焼《ゆうや》け魔女《まじょ》にはなれないかもしれない……。

(言《い》えないよ、そんなこと……！)

「なにもかくしてなんかないよ、だいじょうぶ！」

どうにかそう言《い》うと、ちさとはホッとした顔《かお》になって、またチラシを折《お》りはじめた。

ウルはきゅっと、くちびるをかむ。

(ちさとといると夕焼《ゆうや》け魔女《まじょ》になれないなんて、そんなことぜったいない！　あたしにきざしが現《あらわ》れれば、まちがいだって証明《しょうめい》できる！　なんとかしなくちゃ！)

そのときふと、ウルの頭《あたま》に、レーナのすがたがうかんだ。

(そうだ、あたし、レーナのとこに行《い》ってみよう。きざしのこと、なにかわかるかもしれない！)

「ええと……あ、ここだ！」

電車《でんしゃ》をのりついで、やってきた町《まち》。

ウルは、小《ちい》さなメモを片手《かたて》に、ひときわ豪華《ごうか》な門《もん》がまえの家《いえ》の前《まえ》で、立《た》ち止《ど》まった。

――おちこぼれさんに、私《わたし》の修業先《しゅぎょうさき》を教《おし》えといてあげるわ。

ていねいに書《か》かれた地図《ちず》は、以前《いぜん》レーナが来《き》たとき、残《のこ》していったものだ。

(す、すごいおうち……。レーナ、もう帰《かえ》ってきてるかな)

ウルの背《せ》よりずっと高《たか》いその門《もん》は、チャイムを押《お》すのに、かなり勇気《ゆうき》がいる。

スーッ、ハーッと、大《おお》きく深呼吸《しんこきゅう》した、そのとき。

「ウル?」

声《こえ》がして、見《み》ると道《みち》のむこうに、レーナが立《た》っていた。

「やっぱりウルだわ。なんなの? この私《わたし》になにか用《よう》?」

学校帰《がっこうがえ》りなのかカバンをしょったレーナは、どことなくうれしそうな顔《かお》をしている。

ウルは、レーナに走《はし》りよった。

「お願《ねが》いレーナ! きざしのこと教《おし》えて!」

「へーえ、ウルったら今《いま》ごろあせりだしたの? みっともないわねえ」

「あたし、どうしても、きざしがほしいの！　お願《ねが》い」

「ウルには無理《むり》よ。だっておちこぼれ魔女《まじょ》だもの、この私《わたし》とちがってね」

「………」

ウルは、なにも言《い》わずにうつむいた。

いつもなら、レーナの言葉《ことば》に頭《あたま》がカッと熱《あつ》くなって、つい言《い》い合《あ》いになってしまう。

でも今《いま》のウルは、そんな気持《きも》ちになれないくらい、思《おも》いつめていた。

（それに……意地悪《いじわる》も言《い》うけど……きざしが現《あらわ》れたってことは、レーナもうんとうんと、がんばったんだよね、きっと）

「ウル？」

なんだか様子《ようす》がちがうウルに、レーナは、けげんな顔《かお》をする。

ウルはレーナに、必死《ひっし》でうったえた。

「お願《ねが》い！　あたし、今《いま》すぐきざしが必要《ひつよう》なの。けど、どんなに魔法《まほう》を使《つか》っても、なにも起《お》こらないの！　このままじゃあたし、修業先《しゅぎょうさき》を変《か》えなくちゃいけなくなっちゃうの！」

こらえたつもりだったのに、最後《さいご》のほうは、声《こえ》がふるえてしまった。

「修業先《しゅぎょうさき》を、かえる……」

その言葉《ことば》に、レーナはおどろいた顔《かお》で、ウルを見《み》た。

それからなにか考《かんが》えるように、目《め》の前《まえ》の大《おお》きな家《いえ》——自分《じぶん》の修業先《しゅぎょうさき》を見《み》あげると、

「…………フン」

レーナは、やがてぷいっと、顔《かお》をそむけた。

「冗談《じょうだん》じゃないわ。どうして私《わたし》がウルに、アドバイスしなくちゃいけないのよ。お願《ねが》いすればいいってもんじゃないのよ」

ウルの前《まえ》を横《よこ》ぎって、家《いえ》の門《もん》に手《て》をかける。

それからふと、こちらをふり返《かえ》った。

「ホントのこと言《い》うとね、きざしのことなんて、私《わたし》にもわからないのよ。夢中《むちゅう》で魔法《まほう》を使《つか》ったら、いつのまにか、15歳《さい》のすがたになっていたんだもの」

「えええっ!? そ、そうなの……!」

「ただ――」

レーナはそこで、なにかを思《おも》いだすように、言葉《ことば》を切《き》った。

「……だれかがよろこんでくれることが、関係《かんけい》してるみたいだったわ。ううん、よろこぶ、なんて言葉《ことば》じゃ足《た》りないい。気持《きも》ちがうごく、って言《い》ったほうがいいかしら」

「え……？」

(気持《きも》ちが、うごく……。『よろこぶ』より、もっともっと強《つよ》い思《おも》いってこと……？)

「いやあね。きざしにうんとくわしい顔《かお》して、ウルをくやしがらせようと思《おも》ったのに、すっかり調子《ちょうし》がくるっちゃったわ。とにかく、私《わたし》にわかるのはこれで全部《ぜんぶ》。あとは自分《じぶん》で考《かんが》えるのね！」

フン！ レーナは門《もん》を開《あ》けると、べ――っとウルに舌《した》を出《だ》す。

「しっかりがんばりなさいよ、ウル！」

「あ、ありがとレーナ！」

ウルがあわてて声《こえ》をかけたときには、扉《とびら》は、ぴしゃりとしまっていた。


（気持《きも》ちがうごく……あたしの魔法《まほう》で……それって、どうしたらいいのかな）


次《つぎ》の日《ひ》の夜《よる》。

ウルがそんなことを思《おも》いながら、ちさとと夕飯《ゆうはん》のあとかたづけをしていると、

「小《ちい》さなパティシエさんたちに、報告《ほうこく》と相談《そうだん》があるんだ」

パパがうれしそうに、てまねきした。

「実《じつ》はね。オーダーメイドケーキの、はじめての注文《ちゅうもん》が入《はい》ったんだよ」

「うわあ！」

「パパ、すごい！」

2人《ふたり》はおもわず、顔《かお》を見《み》あわせる。

「注文《ちゅうもん》があったのは、バースデーケーキ。女《おんな》の子《こ》の、11歳《さい》の誕生日《たんじょうび》を祝《いわ》うためのものなんだそうだ」

「今年《ことし》11歳《さい》なら、私《わたし》と同《おな》い年《どし》だね！」

ちさとの言葉《ことば》に、パパはうなずく。

「大好《だいす》きなチョコレートと、オレンジをたっぷり使《つか》って、デザインはかわいらしく、というのがお客《きゃく》さまのご要望《ようぼう》なんだ。そこで――」

パパはいったん言葉《ことば》を切《き》って、ウルとちさとを、にっこり見《み》つめた。

「2人《ふたり》に、11歳《さい》の女《おんな》の子《こ》がよろこぶような、ケーキのアイディアをいただきたいと思《おも》ってね」

「パパ！」

ちさとの目《め》が、みるみる輝《かがや》きだす。

「まかせて！　世界一《せかいいち》すてきなケーキを考《かんが》えるよ！　その子《こ》が感動《かんどう》しちゃうような！」

「あ――――っ！　ちさと、それ！」

ウルはおもわず、大《おお》きな声《こえ》を出《だ》した。

「え？　どうしたのウル？」

目《め》をまるくするちさととパパに、ウルはあわてて「なんでもない」と首《くび》をふる。

（そうだ、それだよ！　『感動《かんどう》』って『よろこぶ』より、もっともっと強《つよ》く、気持《きも》ちがうごくってこと……！）

ウルは、ぐっと手《て》のひらをにぎりしめた。

（魔法《まほう》ですてきなケーキができたら、それで女《おんな》の子《こ》が感動《かんどう》してくれたら、今度《こんど》こそ、ぜったい、きざしが現《あらわ》れる！）

「期日《きじつ》は、1週間後《しゅうかんご》。お客《きゃく》さまによろこんでいただける、すてきなケーキにしよう」

（1週間後《しゅうかんご》……ちょうど、ディアと約束《やくそく》した日《ひ》だ！）

ウルはパパに、力強《ちからづよ》くうなずいた。


「どんなケーキがいいかなあ！」

ベッドに入《はい》ってからも、ウルとちさとは、なかなか眠《ねむ》れなかった。

ベッドライトをつけて、ちさとはノートに、アイディアをメモしていく。

「かわいいケーキにするなら、マカロンをのせるなんて、すてきかも。それで、チョコレートで作《つく》ったリボンをかけるって、どう？」

「うわあ！　よだれが出《で》ちゃう！」

「ウルったら。このケーキはあくまで、誕生日《たんじょうび》の女《おんな》の子用《こよう》なんだからね」

「けどちさとも、すっごく食《た》べたそうな顔《かお》してるよ」

2人《ふたり》は顔《かお》を見《み》あわせて、同時《どうじ》に、ぷっと吹《ふ》きだした。

「チョコレートとオレンジが好《す》き、かあ……どんな女《おんな》の子《こ》なんだろうね」

そこまで言《い》って、ウルはふと思《おも》いたって、ちさとに聞《き》いてみた。

「ね、ちさと。ちさとが一番好《いちばんす》きな食《た》べ物《もの》って、なあに？」

すると、ちさとは、さっと顔《かお》をくもらせた。

「……いちご、かな」

しばらく、言葉《ことば》をさがすようにだまってから、やがて小《ちい》さな声《こえ》で、そう答《こた》える。

「私《わたし》ね。本当《ほんとう》にぼんやりとだけど……ママといっしょにいちごを食《た》べた記憶《きおく》が、残《のこ》ってるの。そのときのいちごがすごく甘《あま》くて……ママと、どんな話《はなし》をしたかは思《おも》いだせないのに、いちごが甘《あま》かったことだけは、よく覚《おぼ》えてる。あんないちごは、あれから食《た》べたことがないような気《き》がするんだ」

さみしそうに目《め》をほそめるちさとに、ウルはおもわず言《い》った。

「パパに、ママのこと聞《き》いてみたら？　なにか、思《おも》いだせるかもしれないし……」

「聞《き》けないよ……！」

うつむいて、ちさとはきゅっと、体《からだ》をちぢめた。

「記憶《きおく》の中《なか》のママは、いつも私《わたし》に背中《せなか》をむけてるの。遊《あそ》んでもらった記憶《きおく》も、歌《うた》をうたってもらった記憶《きおく》もなくて、はっきり覚《おぼ》えているのは、背中《せなか》をむけて、厨房《ちゅうぼう》で働《はたら》くすがただけ……。どうしてそんな記憶《きおく》しかないのか……理由《りゆう》をパパに聞《き》くのが……怖《こわ》いんだ」

ウルは、なにも言《い》えずに、ちさとを見《み》つめた。

しっかりもののちさとが、まるで、自分《じぶん》より小《ちい》さな女《おんな》の子《こ》に見《み》える。

（そういえばちさと、はじめて会《あ》ったときも、ママの記憶《きおく》をなくしたくないって言《い》ってた。クッキーを作《つく》ったときは、パパとママのレシピ、ノートいっぱいにまとめてたっけ……)


だまりこんだウルに、ちさとはパッと、笑顔《えがお》をむけた。

「でもね！　最近《さいきん》パパが少《すこ》しずつ私《わたし》をたよってくれて、それがすごくうれしいの！　今回《こんかい》のオーダーメイドケーキサービスもね、ママが亡《な》くなってからはじめての、新《あたら》しいサービスなんだって。パパがお店《みせ》のことで意見《いけん》を聞《き》いてくれるなんて、夢《ゆめ》みたい！」

興奮《こうふん》した様子《ようす》で言《い》うと、ちさとはハッと、赤《あか》くなった。

「こ、こんなこと、ウルだから話《はな》すんだからね。このサービスがぜったい成功《せいこう》するように、明日《あした》から計画《けいかく》ねりましょ。じゃあ、おやすみ」

てれた顔《かお》をかくすように、ちさとはふとんにもぐりこんだ。

(あたしもこのサービス、ぜったい成功《せいこう》してほしい！　けど、パパが作《つく》ったものに魔法《まほう》は禁止《きんし》って、ちさとと約束《やくそく》してるし……あたしが、バースデーケーキの女《おんな》の子《こ》にできることって、なんだろう……)

そのとき。ピコン！　とウルはひらめいた。

(そうだ！)

12 お客《きゃく》さんがこない

かくしてむかえた、誕生日当日《たんじょうびとうじつ》。

「アマアマ・キュ――ン！　できたあ！」

ウルは台所《だいどころ》で1人《ひとり》、ぴょこんととびあがった。

「すっごくいいでき！　このバースデープレート！」

にんまり笑《わら》うウルの手《て》には、チョコレート色《いろ》のクッキー。

まんなかにはウルの文字《もじ》で『おたんじょうびおめでとう』、それから、ひときわ大《おお》きく、バースデーケーキの女《おんな》の子《こ》の名前《なまえ》――『みきちゃん』と書《か》かれている。

――お店《みせ》のものに、魔法《まほう》はぜったい禁止《きんし》！

ちさとと、そう約束《やくそく》していたウルは、ひらめいたのだ。

（ケーキに魔法《まほう》を使《つか》うかわりに、上《うえ》にのせるプレートを作《つく》ればいいんだ！　今《いま》お店《みせ》で使《つか》ってるのは、四角《しかく》くてシンプルなやつだもん。かわいいのがいいって注文《ちゅうもん》なんだし、あたしがケーキのデザインにあわせて、オリジナルプレートを作《つく》っちゃおう！）

こうして、ウルはクッキーで、ハート形《がた》のバースデープレートを焼《や》いたのだった。

「魔法《まほう》でおいしいチョコレート味《あじ》を出《だ》すのが、むずかしかったけど……」

台所《だいどころ》には、半分《はんぶん》だけチョコレート色《いろ》だったり、まっくろだったりまっしろだったり、数《かぞ》え切《き》れないくらいの失敗《しっぱい》クッキーが、山《やま》もりになっている。

「チョコペンで名前《なまえ》を書《か》くのも、たいへんだったけど……」

『おにんじょうび』とか、『みまちゃん』、それから文字《もじ》がくちゃくちゃで読《よ》めない、たくさんのクッキーの前《まえ》で、ウルは使《つか》いすぎてしびれた腕《うで》を、ぷるぷるっとふった。

「けど、毎日《まいにち》うーんと作《つく》って、やっと上手《じょうず》にできた！　うわあい！」

ウルはバースデープレートを、そっと戸《と》だなにしまった。

「みきちゃん、気《き》に入《い》ってくれるといいなあ！　こんなにかわいくできたんだもん、きっとよろこんでくれるよね！　よし！　じゃあ厨房《ちゅうぼう》のケーキの様子《ようす》、見《み》にいこうっと！」

「うわあ、すっご————い!!」

「ね？　世界一《せかいいち》のケーキでしょ？」

ウルとちさとは、同時《どうじ》に目《め》を輝《かがや》かせた。

オーダーメイドケーキ第《だい》1号《ごう》は、ガラスケースの中《なか》で、ひときわ光《ひか》っていた。

つやのあるチョコレートでコーティングされたケーキには、チョコレートのリボンがのっている。オレンジ色《いろ》のマカロンが目《め》にあざやかで、ナイフを入《い》れればケーキの中《なか》は、オレンジとチョコレートのムースが、3段《だん》になっているのだ。

2人《ふたり》で考《かんが》えたデザインそのままの、なんと

もかわいらしいケーキに、

「はあ……」

ウルとちさとは、うっとり見《み》とれて、ため息《いき》をついた。

「食《た》べるのがもったいないね、ちさと」

「だから食《た》べるのはウルじゃないってば。でもこれなら、きっとよろこんでもらえるよね」

「うん、ぜ——ったい！　だってこんなにかわいいもん！」

ぴょこんととびはねて、ウルは笑顔《えがお》になった。

（あたしのバースデープレートをのせたら、ケーキがもっとすてきになっちゃう！　だれにもないしょで作《つく》ったけど、そろそろ出《だ》して、びっくりさせちゃおうかな）

「ねえちさと！　実《じつ》はね、あたし、見《み》せたいものが……」

ウルが言《い》いかけた、そのとき。

「おかしいわねえ……」

山野《やまの》さんが首《くび》をかしげながら、厨房《ちゅうぼう》からやってきた。

「約束《やくそく》の時間《じかん》はすぎてるのに……。オーダーメイドケーキのお客《きゃく》さま、受《う》けとりにみえないんですよ」

「えっ？」

ウルとちさとは、同時《どうじ》に声《こえ》をあげた。

時計《とけい》の針《はり》は、午後《ごご》7時《じ》。閉店時間《へいてんじかん》まで、あと1時間《じかん》だ。

「電話《でんわ》をかけてみたら？」

「それがねえ、いただいた番号《ばんごう》に何度《なんど》かけても、だれもでなくて……」

ため息《いき》をつく山野《やまの》さんのとなりで、ウルがちさとを見《み》る。

「お店《みせ》の場所《ばしょ》、わかんなくなっちゃったのかな？」

ちさとはきっぱり、首《くび》を横《よこ》にふった。

「チラシにくわしく地図《ちず》をのせたもの。わかりづらい場所《ばしょ》じゃないし、それはないよ」

「ケーキをたのんだってこと、忘《わす》れちゃった、とか」

「わざわざオーダーメイドで注文《ちゅうもん》したケーキを、忘《わす》れたりする？」

「うーん、じゃあ、どうしちゃったんだろう……。けど、きっと来《き》てくれるよね！」

「うん……」

ポーン。

とうとう時計《とけい》が、8時《じ》をさした。パティスリー・シトロンの閉店時間《へいてんじかん》だ。

「あっ、待《ま》って！」

おもての看板《かんばん》をさげようとする山野《やまの》さんに、ウルがとびついた。

「これ、しまわないで！　だってまだ、お客《きゃく》さん来《き》てないもん！」

山野《やまの》さんは、困《こま》った顔《かお》でウルを見《み》た。

「でも、売《う》り物《もの》のケーキはもう、ほとんどないし……お店《みせ》があいてると思《おも》って他《ほか》のお客《きゃく》さまがいらっしゃったら、もうしわけないわ」

あとかたづけをすますと、山野《やまの》さんは2人《ふたり》を何度《なんど》もふり返《かえ》って、心配顔《しんぱいがお》で帰《かえ》っていった。

（どうして……）

ガラスケースの中《なか》では、世界《せかい》でひとつだけのケーキが、キラキラと輝《かがや》いている。

（パパもちさともあたしも、うんと心《こころ》をこめて作《つく》ったのに。ぜったい食《た》べてほしいのに！）

――お客《きゃく》さまによろこんでいただける、すてきなケーキにしよう。

注文《ちゅうもん》が入《はい》った日《ひ》、3人《にん》でそううなずきあったのが、思《おも》いだされる。

いても立《た》ってもいられなくなって、ウルは立《た》ちあがった。

「あたし、ちょっと外《そと》、見《み》てくる！」

バタン！

ウルはいきおいよく、厨房《ちゅうぼう》の裏口《うらぐち》からとびだした。

(もしかしたら、きょろきょろお店《みせ》をさがしてる人《ひと》がいるかも！　誕生日《たんじょうび》プレゼントが重《おも》たくて、来《く》るのがおくれてるだけかもしれないし！)

そのとき。

ウルの目《め》に、小《ちい》さな人影《ひとかげ》がとびこんできた。

街路樹《がいろじゅ》にかくれるようにして、お店《みせ》をじっと見《み》つめているその影《かげ》は――

「……春日野《かすがの》さん？」

ウルの声《こえ》に、春日野《かすがの》さんはハッと、顔《かお》をあげた。

その顔色《かおいろ》は青《あお》ざめて、ウルを見《み》る目《め》は、どこか不安《ふあん》げにゆれている。

「どしたの？　こんな時間《じかん》にこんなとこで……ああっ！」

ウルはおもわず、大《おお》きな声《こえ》をあげた。

「もしかしてお誕生日《たんじょうび》の女《おんな》の子《こ》って、春日野《かすがの》さん？　みきちゃんって……春日野美紀《かすがのみき》、春日野《かすがの》さんのことだよね？」

しばらくだまっていた春日野《かすがの》さんは、やがて、いつもの調子《ちょうし》で言《い》いはなった。

「そうよ、悪《わる》い？　おもしろいケーキを作《つく》ってくれるっていうから、たのんでみたのよ」

「そうだったんだあ！」

ホッとして、ウルは春日野《かすがの》さんの手《て》をにぎりしめた。

「よかったあ！　だれもとりに来《こ》ないから、どうしたのかなって心配《しんぱい》しちゃったよ！　ね、お店《みせ》に入《はい》って！　ケーキ見《み》たら、きっとびっくりしちゃうよ！　早《はや》く！」

「え、あ、ちょ、ちょっと！」

「ちさと！　お客《きゃく》さんだよ、ケーキとりにきてくれたよ！」

チリン！

ドアを開《あ》けて声《こえ》をかけると、ちさとが厨房《ちゅうぼう》からとびだしてきた。

「ホント!?……あれ？」

ウルの手《て》をふりほどく春日野《かすがの》さんを見《み》て、目《め》をみひらく。

「なんと！　オリジナルケーキのお客《きゃく》さん第《だい》1号《ごう》は、春日野《かすがの》さんだったんだ！　みきちゃんって、春日野《かすがの》さんのことだったんだよ！」

「そうだったの！」

ウルの言葉《ことば》に、ちさとも、パッと笑顔《えがお》になった。

「春日野《かすがの》さん、ご注文《ちゅうもん》ありがとう」

「……べつに」

ぷいっと顔《かお》をそむけて、春日野《かすがの》さんはぶっきらぼうに言《い》った。

待《ま》ちきれなくて、ウルはつんつんと、ちさとをひじでつついた。

「ねね、ちさと。じゃあ、さっそく見《み》てもらおうよ！」

「そうだね。春日野《かすがの》さん、こっち」

ワクワクしながら、ウルとちさとは、春日野《かすがの》さんをガラスケースの前《まえ》までつれていった。

にっこりうなずきあうと、「せーの」でふり返《かえ》る。

「じゃ――ん！　世界《せかい》でひとつ、春日野《かすがの》さんのためのケーキ！」

ところが。

春日野《かすがの》さんの表情《ひょうじょう》は、２人《ふたり》が予想《よそう》していた、どんな顔《かお》ともちがっていた。

「……ふうん、そう」

そっけなく言《い》うと、あっさり、ガラスケースから目《め》をそらす。

よろこんでとびはねるどころか、ニコリとさえしない。

ウルとちさとはひょうしぬけして、ぽかんと立《た》ちつくした。

「あ、あれ？」

「もしかして……どこか、イメージとちがうところ、あった？」

春日野《かすがの》さんは、つまらなそうに、ため息《いき》をついた。

「べつに。イメージもなにも、最初《さいしょ》からバースデーケーキなんて、どうでもいいもの」

「え……？」

ウルはかちんと、固《かた》まった。

「それ、どういうこと？」

「どういうことって、そのままの意味《いみ》よ。ケーキになんて興味《きょうみ》ないの。気《き》まぐれで、ちょっとたのんでみただけ」

「そんな……け、けど、食《た》べたらぜったい気《き》に入《い》るよ！　だって、パパのケーキはすっごくおいしいもん！」

「へえ。だったらウルさんが食《た》べちゃっていいのに」

（ひどいっ！）

頭《あたま》が、カッと熱《あつ》くなる。

「そんな言《い》い方《かた》ないよ！　このケーキはね、みんなでうんと心《こころ》をこめて作《つく》ったんだよ！」

「だって、食《た》べたくないのは本当《ほんとう》だもの。がんばったってことをおしつけないでよ！」

「なにそれ！」

ウルがどなった、そのとき。

「ウル、やめて。春日野《かすがの》さんはお客《きゃく》さまよ」

ずっとだまっていたちさとが、静《しず》かに言《い》った。

ふり向《む》くとちさとは、なにかをあきらめるような、大人《おとな》びたまなざしで立《た》っていた。

「だ、だってちさと！」

「がんばって作《つく》ったことと、お客《きゃく》さまがケーキを気《き》に入《い》るかどうかは関係《かんけい》のないことよ。自分《じぶん》の気持《きも》ちをおしつけるパティシエは迷惑《めいわく》なだけって、パパも言《い》ってたもの」

「けど……！」

「………」

春日野《かすがの》さんはくちびるをかんで、じっとちさとを見《み》つめている。

ちさとはすっと頭《あたま》をさげた。

「春日野《かすがの》さん、ごめんね」

「……私《わたし》……ちさとさんの、そういうところが嫌《きら》いよ……」

そのとき、春日野《かすがの》さんが、つぶやくように言《い》った。

「自分《じぶん》の気持《きも》ちをかくして、大人《おとな》ぶって、ものわかりのいいふりして……ホントは、私《わたし》に怒《おこ》ってるんでしょ？　言《い》いたいことがあるんでしょ？」

怒《おこ》ったような声《こえ》で、それでいて泣《な》くのをこらえているような目《め》で春日野《かすがの》さんはうつむく。

「私《わたし》だってママに、いつもそうしてた。でも、そうやってがまんしたって、自分《じぶん》の気持《きも》ちなんてわかってもらえない。ママは……私《わたし》の誕生日《たんじょうび》なのにママは、帰《かえ》ってこないもの……」

春日野《かすがの》さんの声《こえ》は、小《ちい》さくふるえていた。

「私《わたし》はママと2人《ふたり》ぐらしで……ママはお仕事《しごと》でいそがしいから、私《わたし》はいつも1人《ひとり》で……でもどんなときでも私《わたし》、平気《へいき》よって言《い》ってた。ママは……誕生日《たんじょうび》だけは早《はや》く帰《かえ》ってくるからごめんねって……そう約束《やくそく》してくれたの。だから私《わたし》、ママが好《す》きなオレンジと、自分《じぶん》が好《す》きなチョコレートのケーキをお願《ねが》いしたのに……」

いつもの春日野《かすがの》さんからは想像《そうぞう》もつかない言葉《ことば》に、ウルは、なにも言《い》えなかった。

（春日野《かすがの》さん、学校《がっこう》ではママのお仕事《しごと》のこと、うれしそうに話《はな》してたけど……ホントはすごく、さみしかったんだ……）

ちさともだまって、春日野《かすがの》さんを見《み》つめている。

「本当《ほんとう》は、会社帰《かいしゃがえ》りにママがケーキを受《う》けとりにくるはずだったのに、きっと、時間《じかん》を忘《わす》れて仕事《しごと》してるんだと思《おも》う……」

春日野《かすがの》さんの大《おお》きな目《め》から、とうとうひとつぶ、涙《なみだ》がこぼれた。

「だから私《わたし》、だれもいない家《いえ》でケーキなんて、食《た》べたくないの！」

言《い》うなり、春日野《かすがの》さんはお店《みせ》をとびだした。

「あっ！」

「待《ま》って！　春日野《かすがの》さん！」

ちさととウルは、あわててあとを追《お》う。

けれどお店《みせ》の外《そと》に出《で》たときには、春日野《かすがの》さんのすがたはもう、どこにもなかった。

「…………」

何度《なんど》かあたりを見《み》まわしてから、ちさとは、しょんぼりうつむいた。

「……もどろっか、ウル」

「ダメだよ」

ウルはぎゅっと、こぶしをにぎりしめる。

「ぜったいダメだよこんなの！　だって、だって……！　あたし、ちょっと行《い》ってくる！」

言《い》いおわる前《まえ》にウルは、走《はし》りだしていた。

13 ママをさがせ！

「ウル、ちょっと！　行《い》くってどこへ？」

走《はし》りだしたウルの後《うし》ろから、ちさとの声《こえ》が追《お》いかけてきた。

「あたし、春日野《かすがの》さんのママのとこに行《い》く！　約束《やくそく》、思《おも》いだしてもらってくる！」

「ええっ、今《いま》から？」

「ちさと、言《い》ってたでしょ、ママといちごを食《た》べたこと、だいじな思《おも》い出《で》になってるって。春日野《かすがの》さんの11歳《さい》のお誕生日《たんじょうび》は、一度《いちど》しかないんだもん！　やっぱり、ママとお祝《いわ》いしなきゃダメだよ！」

「ウル……。あ、ま、待《ま》って！」

公園《こうえん》をぬけて、商店街《しょうてんがい》をこえれば、そこはもう駅《えき》だ。

(早《はや》く！　早《はや》くママのところに！)

春日野《かすがの》さんの涙《なみだ》が、まぶたの裏《うら》によみがえる。

ぜえはあと息《いき》をしながら、ウルとちさとが公園《こうえん》にさしかかった、そのとき。

「ウル！」

頭《あたま》の上《うえ》から声《こえ》がして、見《み》るとほうきに乗《の》ったディアが、闇夜《やみよ》にうかんでいた。

ディアはふわりと降《お》り立《た》つと、静《しず》かに言《い》った。

「ウル、乗《の》りなさい」

「え……？」

おどろいて目《め》をみひらくウルを、ま

っすぐ見《み》つめる。

「ウルのこと、見《み》てたわ。急《いそ》いで行《い》かなくちゃいけないんでしょ」

「け、けど……いいの？」

「ウル。私《わたし》もね、あなたにきざしが現《あらわ》れることを、願《ねが》っているのよ」

その目《め》は、はじめて会《あ》ったあの日《ひ》と同《おな》じ、すきとおったやさしいまなざしだった。

「さあ、早《はや》く」

そのとき。

「待《ま》って！」

ずっとだまっていたちさとが、ふいにさけんだ。

「お願《ねが》いディアさん、私《わたし》もつれていって！　私《わたし》、春日野《かすがの》さんの気持《きも》ちわかるから！　ぜったいに誕生日《たんじょうび》を、ママと祝《いわ》ってほしいから！」

ディアの前《まえ》まで走《はし》りよると、祈《いの》るような目《め》で見《み》あげる。

それは、ふだんの冷静《れいせい》なちさととはちがう、とても強《つよ》い口調《くちょう》だった。

（ちさと……）

ウルは、さっきお店《みせ》で春日野《かすがの》さんと話《はな》したときの、ちさとの顔《かお》を思《おも》いだした。

——自分《じぶん》の気持《きも》ちをかくして、大人《おとな》ぶって、ものわかりのいいふりして……

そう言《い》われたとき、ちさとは一瞬《いっしゅん》、うんと小《ちい》さな子《こ》どものような、とほうにくれた目《め》をした。

パパに心配《しんぱい》かけたくないのと、いつも口癖《くちぐせ》のように言《い》うちさと。

大人《おとな》びたまなざしで、春日野《かすがの》さんに頭《あたま》をさげるすがた。

そんなちさとと、今《いま》、目《め》の前《まえ》でディアを見《み》つめるちさとは、まるでちがう顔《かお》をしていた。

「ディア、あたしからもお願《ねが》い！　ちさともいっしょにつれてって！」

「………」

ウルの言葉《ことば》に、だまって２人《ふたり》を見《み》つめていたディアは、やがてひとつ、うなずいた。

「わかったわ。お乗《の》りなさい、２人《ふたり》とも」

ふわり。

ほうきは3人《にん》を乗《の》せて、羽《はね》のように軽々《かるがる》とうかんだ。

「きゃっ！」

悲鳴《ひめい》をあげたちさとを、ウルが後《うし》ろからささえる。

「平気《へいき》だよちさと。ディアの魔法《まほう》が守《まも》ってくれてるもん」

「わかってるんだけど、でも……ひゃあ!!」

ちさとの言葉《ことば》が終《お》わらないうちに、ほうきは、ぐん、と加速《かそく》した。

「う、ウル！」

ぎゅっと目《め》をつぶって、ちさとがウルにしがみつく。

強《つよ》い風《かぜ》が吹《ふ》くたび、しがみつく手《て》に力《ちから》をこめるちさとの肩《かた》を、ウルはやさしくたたいた。

「ちさと、見《み》て。だいじょぶだから、ほら！」

「え……？」

おそるおそるまぶたを開《あ》けたちさとは、「うわあ！」と声《こえ》をあげた。

足《あし》の下《した》には、宝石箱《ほうせきばこ》を広《ひろ》げたような町《まち》の明《あ》かり。

目《め》の前《まえ》には、さわれそうなくらいに大《おお》きな月《つき》が、ぽっかりうかんでいる。

「……ね？」

夜風《よかぜ》を胸《むね》いっぱいに吸《す》いこんで、ちさともやっと、笑顔《えがお》になった。


「さあ、ついたわ」

ディアのほうきはやがて、大《おお》きなビルの前《まえ》に着地《ちゃくち》した。

ビルの壁《かべ》には、『角山書店《かどやましょてん》』と書《か》かれたりっぱな看板《かんばん》がかけられ、いくつかの窓《まど》には、まだ明《あ》かりがついている。

「ここに、春日野《かすがの》さんのママが……」

ウルとちさとは、ごくりとつばを飲《の》みこんだ。

「私《わたし》は外《そと》で待《ま》ってるわ。２人《ふたり》とも、しっかりね」

「ありがとディア！　さ、ちさと行《い》こう！」

ビルの正面玄関《しょうめんげんかん》はまっくらで、シャッターがしめられていた。

２人《ふたり》は裏手《うらて》にある、「夜間通用口《やかんつうようぐち》」と書《か》かれた入《い》り口《ぐち》にたどりついた。

受付《うけつけ》には、白髪《しらが》まじりの守衛《しゅえい》さんが座《すわ》っている。

ちょうど晩《ばん》ご飯中《はんちゅう》らしく、守衛《しゅえい》さんはお弁当《べんとう》をほおばりながら、きびしい顔《かお》つきで、あたりを見《み》まわしていた。

「うわあ、怖《こわ》そうな人《ひと》……」

おもわず、そうもらしたちさとの横《よこ》で、ウルははりきって、大《おお》きく息《いき》をすう。

「よおっし、ここから入《はい》るんだね！　行《い》こ！」

「え？　あ、ちょっとウル！」

「おじゃまします！」

ずんずん歩《ある》いていくと、ウルはキリッとあいさつして、受付《うけつけ》をよこぎった。

「は……？」

守衛《しゅえい》さんは、あっけにとられた顔《かお》で、ぽかんと口《くち》を開《あ》けたあと、

「こ、こら！　ちょっと待《ま》ちなさい！」

あわてて中《なか》から出《で》てきて、ギロリとウルをにらんだ。

「なんだなんだ？　子《こ》どもがこんな時間《じかん》にどうしたんだ」

「あたし、会《あ》わなくちゃいけない人《ひと》がいるの。だから、おじゃまします！」

わきを通《とお》りぬけようとするウルの肩《かた》を、守《しゅ》衛《えい》さんは、ガシリとつかんだ。

「勝手《かって》に入《はい》っちゃいかん！　きみの家《いえ》はどこだ？　おうちの人《ひと》は？　歳《とし》はいくつ？」

「今《いま》は時間《じかん》がないから、あとで説明《せつめい》するんでいい？」

「ダメに決《き》まってるだろ！　ここは遊《あそ》び場《ば》じゃないんだ。子《こ》どもは帰《かえ》んなさい！」

ウルはムッとして、守衛《しゅえい》さんをにらんだ。

「遊《あそ》びじゃないもん！　もう、わからずやなんだから！」

「なあんだってえ？」

目《め》をむく守衛《しゅえい》さんの前《まえ》で、ちさとはあわてて、ウルの手《て》をひっぱった。

「ご、ごめんなさい！　えっと、まちがえました！」

「あいたたた、なんだよう、ちさと！」

裏口《うらぐち》まで連《つ》れて行《い》かれて、ウルは口《くち》をとがらせた。

「あのねえウル。会社《かいしゃ》っていうのは、セキュリティーがきびしいものなの。つまりね、あの方法《ほうほう》じゃ、中《なか》には入《い》れてもらえないってこと」

「なら、どうしたらいいの？」

「私《わたし》にいい考《かんが》えがある。来《き》て」

ちさとはもう一度《いちど》、そっと守衛室《しゅえいしつ》をのぞいた。

守衛《しゅえい》さんは、ちょうどお弁当《べんとう》を食《た》べ終《お》えて、満足《まんぞく》そうにつまようじをくわえている。

「ウル。あれを甘《あま》くできる？　なんでもいいから、とにかく甘《あま》く」

「へっ？　つまようじを？　で、できるけど……」

ウルは首《くび》をかしげながら、腕《うで》まくりをした。

「よーし、そんじゃフルパワーでプリン味《あじ》に！　アマアマ・キュ――――ン！」

キラキラキラキラ………

「んん？」

光《ひかり》のつぶがふりそそいだとたん、守衛《しゅえい》さんはとびあがった。

目《め》をまんなかによせて、口《くち》にくわえたつまようじを、じいっと見《み》つめる。

「なんだあ？　このつまようじ、プリンみたいな味《あじ》がするぞ？」

ぺろりとなめて首《くび》をひねったあと、守衛《しゅえい》さんはなにか思《おも》いついた様子《ようす》で立《た》ちあがると、

「ええっと、たしかここに……」

後《うし》ろをむいて、ひきだしの中《なか》をガサゴソ、あさりはじめた。

「今《いま》よ！」

守衛《しゅえい》さんがやっと虫眼鏡《むしめがね》を見《み》つけて、こちらがわをふり返《かえ》ったときには、ウルとちさとは通用口《つうようぐち》を、とっくに通《とお》りぬけていた。

「はあ、はあ、はあ……出版社《しゅっぱんしゃ》って、広《ひろ》いんだね」

人影《ひとかげ》のない、長《なが》い廊下《ろうか》。

2人《ふたり》は明《あ》かりがついている部屋《へや》を、はしから順《じゅん》にのぞいていった。

本棚《ほんだな》がならぶ部屋《へや》や、大《おお》きな会議室《かいぎしつ》、男《おとこ》の人《ひと》ばかりの喫煙所《きつえんじょ》。

けれど春日野《かすがの》さんのママらしき人《ひと》は、なかなか見《み》つからない。

さっきから走《はし》りっぱなしの2人《ふたり》は、ぜえはあと、肩《かた》で息《いき》をしていた。

(ママ、どこにいるんだろう。こうやってる今《いま》も、春日野《かすがの》さんは1人《ひとり》ぼっちなのに!)

ウルのとなりで、ちさとも、何度《なんど》も廊下《ろうか》をふり返《かえ》る。

「もしかして、行《い》きちがいになっちゃったのかな……」

と、そのとき廊下《ろうか》のむこうに、明《あ》かりのついた部屋《へや》が見《み》えた。

2人《ふたり》は扉《とびら》のすきまから、そおっと中《なか》をのぞきこんだ。

「あっ、あそこ! 見《み》てちさと!」

ずらりとならんだ机《つくえ》の、一番奥《いちばんおく》。

女《おんな》の人《ひと》が、たくさんの書類《しょるい》にうもれるようにして、むずかしい顔《かお》で、パソコンの画面《がめん》をのぞいている。

ショートカットの髪《かみ》と、きらりと光《ひか》る小《ちい》さなピアス。

よく見《み》ると、そのキリリと大《おお》きな目《め》は、春日野《かすがの》さんにそっくりだった。

「この資料《しりょう》、ちょっと見《み》ていただけますか、春日野《かすがの》さん」

男《おとこ》の人《ひと》が呼《よ》びかける声《こえ》を聞《き》いて、ウルとちさとは「まちがいないね」とうなずきあった。

「よおーし！　あたし、ママと話《はな》してくる！」

ウルが扉《とびら》に手《て》をかけた、そのとき。

「こらあっ！」

廊下《ろうか》のむこうで、守衛《しゅえい》さんのどなり声《ごえ》がした。

「やっぱり、さっきの子《こ》どもたち！　ここは遊《あそ》び場《ば》じゃないって言《い》っただろ！」

言《い》うなり鬼《おに》のような顔《かお》で、守衛《しゅえい》さんは、こちらにむかって走《はし》ってくる。

「ひゃあああああ！」

「ああもう、こんなときに！　ウル、逃《に》げるわよ！」

14 約束《やくそく》、思《おも》いだして

ビルの外《そと》。

「はあ、はあ、はあ……」

廊下《ろうか》や階段《かいだん》をめちゃくちゃに走《はし》って、どうにか逃《に》げだしたウルとちさとは、ディアの前《まえ》に、たおれるようにしゃがみこんだ。

「んもう！　あとちょっとだったのに！」

「あの守衛《しゅえい》さん、きっと今《いま》ごろ目《め》を光《ひか》らせて、私《わたし》たちをさがしてるはず。もうさっきみたいに、気《き》をそらして入《はい》るのはむずかしいね……」

「けど！　春日野《かすがの》さんのママに、どうしても約束《やくそく》、思《おも》いだしてもらわなくっちゃ！」

そうは言《い》っても、どうしたらいいのか、いいアイディアはうかばない。

ウルとちさとは、おもわずうなだれた。

そのとき。ディアがぽわん、とほうきを出《だ》した。

「ウル、ちさとちゃん、乗《の》りなさい。窓《まど》から入《はい》れないか、ためしてみましょう」

「ディア！　そっかあ、その手《て》があった！」

ふわり。ほうきはビルの窓《まど》に、そっと近《ちか》づく。

「オフィスは4階《かい》。たしか、奥《おく》から2つ目《め》の部屋《へや》……あの窓《まど》です！」

ちさとの誘導《ゆうどう》で、明《あ》かりのついた窓《まど》をのぞくと、パソコンのキーボードをうつ、春日野《かすがの》さんのママのすがたが見《み》えた。

「いた！　じゃあ、廊下《ろうか》の窓《まど》から、そおっと入《はい》って……」

ところが。

「ウル、見《み》て！　さっきの守衛《しゅえい》さんが、窓《まど》に鍵《かぎ》をかけてる！」

「えええええっ!?」

守衛《しゅえい》さんは、大《おお》きな目《め》をぎょろぎょろ光《ひか》らせながら、廊下《ろうか》のはしから、窓《まど》をひとつひとつ、点検《てんけん》するようにしめていく。

すべての窓《まど》に鍵《かぎ》をかけると、守衛《しゅえい》さんは満足《まんぞく》そうに立《た》ちさった。

「ああ、これじゃ入《はい》れないよ！　春日野《かすがの》さんのママは、あんなに近《ちか》くにいるのに……！」

そのとき、窓《まど》のむこうで、ママがふいに立《た》ちあがった。

片手《かたて》にマグカップを持《も》って、コーヒーメーカーまで歩《ある》いていく。

（んん……？）

それを見《み》て、ウルはぴくんと顔《かお》をあげた。

――ママが好《す》きなオレンジと、自分《じぶん》が好《す》きなチョコレートのケーキをお願《ねが》いしたのに……。

春日野《かすがの》さんの言葉《ことば》が、よみがえる。

（チョコレート……コーヒー……。そうだ！）

「あたし、いいこと思《おも》いついた！　ディアお願《ねが》い！　ギリギリまで窓《まど》に近《ちか》づいて！」

「う、ウル？」

首《くび》をかしげるちさとの横《よこ》で、ウルは、マグカップにねらいをつける。

「ウル、これ以上《いじょう》は近《ちか》づけないわ」

「ありがとディア！　ここからならとどく！」

ウルは右手《みぎて》をかざすと、力《ちから》いっぱいさけんだ。

「アマアマ・キュ――ン！」

キラキラキラキラキラ……

「ウル、なにをしようとしているの？」

「しっ！　見《み》てて！」

息《いき》をのんで見《み》つめるウルとちさとの前《まえ》で、ママはコーヒーをひと口《くち》飲《の》むと、目《め》をまるくした。

「ねえ、このコーヒー、いつもとちがう味《あじ》がしない？　まるでプリンかなにかみたいな」

首《くび》をかしげて、通《とお》りかかった男《おとこ》の人《ひと》を呼《よ》び止《と》める。

「うわっ、プリン味《あじ》にしちゃった！　しっぱい！」

ウルはあわてて、光《ひかり》のつぶを集《あつ》めた。

男《おとこ》の人《ひと》はひと口《くち》飲《の》んで、ママにカップを返《かえ》す。

「そうですか？　いつもどおりのコーヒーですけど」

「ふわあ……。もとにもどすの、まにあった……あぶなかった！」

汗《あせ》をぬぐうウルに、ちさとは、けげんな顔《かお》でたずねた。

「ちょっとウル、コーヒーを甘《あま》くしてどうするつもり？」

「あのね。春日野《かすがの》さんは、チョコレートが好《す》きって言《い》ってたでしょ？　だからね、魔法《まほう》でコーヒーをチョコレート味《あじ》にしたら、きっとママは、約束《やくそく》を思《おも》いだすよ！」

「そうか！　ウル、それいい考《かんが》え！」

マグカップを片手《かたて》に、席《せき》にもどったママは、またパソコンのキーをたたきだした。

ウルはもう一度《いちど》、カップにねらいをさだめる。

「ウル・ヴァルテアル・タラテアル・パービィーラービィー……」

（バースデープレートを作《つく》るとき、あんなに練習《れんしゅう》したんだもん！　チョコレート味《あじ》、ぜったいできるはず！）

ありったけの力《ちから》をこめて、ウルはおもいきり、さけんだ。

「アマアマ・キュ――――――――ン!!」

キラキラキラキラキラ……

窓《まど》のむこう、春日野《かすがの》さんのママはパソコンを見《み》つめたまま、マグカップに口《くち》をつけた。

ごくり。

「やだ、今日《きょう》はどうなってるの？　今度《こんど》はチョコレートみたいな味《あじ》が……」

言《い》いかけて、ママは、かちんと固《かた》まる。

「……チョコレート……？」

（どうかお願《ねが》い、約束《やくそく》、思《おも》いだして！）

ウルもちさとも、ぎゅっと目《め》をとじて祈《いの》った。

しばらく視線《しせん》をおよがせていたママは、ハッ！　と時計《とけい》を見《み》る。

「たいへん、もうこんな時間《じかん》！　美紀《みき》が……！」

いきおいよく立《た》ちあがって、カバンをわしづかみにすると、

「ごめんなさい！　おさきに！」

ママは、さけぶようにそう言《い》って、走《はし》って部屋《へや》をとびだしていった。

「やった――――！　大成功《だいせいこう》！」

（よかったあ！　これで春日野《かすがの》さんは、ママといっしょにお誕生日《たんじょうび》がすごせる！）


パティスリー・シトロンの前《まえ》。

パパは心配顔《しんぱいがお》で、ウルとちさとの帰《かえ》りを待《ま》っていた。

「2人《ふたり》とも、こんなおそくに突然《とつぜん》とびだして、どこに行《い》ってたんだい」

「ごめんなさい！」

ぺこりと頭《あたま》をさげた2人《ふたり》の肩《かた》に、ポン、とパパの手《て》がのった。

「今《いま》さっき、春日野《かすがの》さんのお母《かあ》さんから、電話《でんわ》をいただいてね。バースデーケーキ、これからとりにみえるそうだよ」

ウルとちさとは、目《め》をあわせてうなずきあった。

「よかったあ！」

（よーし、じゃあママが来《く》る前《まえ》に、バースデープレート、ケーキにのせてもらおう！）

ウルは、戸棚《とだな》にしまってあったプレートを、そっと取《と》りだした。

ハート型《がた》のクッキーは、われながら、とてもよくできている。

(うんと練習《れんしゅう》して、うんと心《こころ》をこめて魔法《まほう》をかけたもん。きっと春日野《かすがの》さんも、よろこんでくれる！　そんで、きざしだって現《あらわ》れるはず！)

はやる気持《きも》ちをおさえつつ、ウルは厨房《ちゅうぼう》のちさとに声《こえ》をかけた。

「ねえちさと、あたしね……」

見《み》せたいものがあるの、と言《い》いかけたとき。

ちさとがふいに、こちらをふり向《む》いた。

「ウル。実《じつ》は私《わたし》、見《み》てもらいたいものがあるの」

「へ？」

おずおずと差《さ》しだされたものを見《み》て、ウルは目《め》をみひらいた。

(こ、これ……！)

ちさとの手《て》の中《なか》にあったのは、バースデープレートだった。

ストロベリーとチョコレート、2色《しょく》のチョコペンで書《か》かれた、おめでとうの文字《もじ》が、な

んともかわいらしい。

こんがりと焼《や》きあげられたクッキーには、ドライフルーツのオレンジがちりばめてある。

それは、一目《ひとめ》でていねいに作《つく》られたとわかる、見事《みごと》なバースデープレートだった。

「ケーキにのせるプレート、ないしょで練習《れんしゅう》してたの。でもホントはね、自信《じしん》が持《も》てなくて、このままましまっておこうかと思《おも》ってたんだけど……。ウルや春日野《かすがの》さんを見《み》て、思《おも》ったの。私《わたし》、怖《こわ》がらないでパパに、プレート見《み》せてみようって」

そこまで言《い》うと、ちさとは、すがるような目《め》で、ウルを見《み》た。

「でもやっぱり、いざとなると不安《ふあん》で……。パパのすてきなケーキを、じゃましちゃうんじゃないかって。ねえウル、正直《しょうじき》に聞《き》かせて。このバースデープレート、どう思《おも》う？」

「ちさと……」

ウルは、ちさととプレートを、かわるがわる見《み》つめた。

(ちさと、何度《なんど》も焼《や》いたんだろうな……)

パパのケーキにふさわしいプレートを作《つく》ろうとがんばるちさとのすがたが、目《め》にうかぶ。

——最近《さいきん》パパが私《わたし》をたよってくれて、それがすごくうれしいの！

――このサービスがぜったい成功《せいこう》するように、計画《けいかく》ねりましょ。

――パパに聞《き》くのが……怖《こわ》いんだ。

ずきん!

さみしそうに、ひざをかかえたちさとのすがたが、よみがえる。

手《て》の中《なか》で、自分《じぶん》のバースデープレートが、ずっしり重《おも》くなったような気《き》がした。

(ちさとのプレート、すごく上手《じょうず》にできてる。あたしが焼《や》いたのより、ずっとずっと……)

ウルは、プレートを背中《せなか》にかくすと、ちさとを見《み》てにっこり笑《わら》った。

「平気《へいき》だよちさと! だってそれ、すっごくすてきだもん! パパだってきっと、ケーキの上《うえ》にのせてくれるよ!」

ウルの言葉《ことば》に、ちさとの顔《かお》が、パアッと明《あか》るくなる。

「ホント? ウル、ホントにそう思《おも》う?」

「もっちろん! それにね、ちさとが、気持《きも》ちをいっぱいいっぱいぶつけたら、パパぜったい、うれしいと思《おも》うよ!」

「私《わたし》、これ、パパに見《み》せてくる。ありがとう、ウル！」

ちさとはにっこり笑《わら》うと、パパのところに走《はし》っていった。

「………」

厨房《ちゅうぼう》に1人残《ひとりのこ》されたウルは、ガラスのむこうの、店内《てんない》を見《み》つめた。

ちょうど春日野《かすがの》さんとママが、ケーキを受《う》けとりにきたのが見《み》える。

涙《なみだ》をふいて、目《め》を輝《かがや》かせる春日野《かすがの》さん。

何度《なんど》も頭《あたま》をさげるママ、笑顔《えがお》でプレートを指《ゆび》さすパパ。

そして、ちょっとほおを赤《あか》らめて、パパによりそうちさと。

ガラスごしに、かすかにとどく笑《わら》い声《ごえ》を聞《き》きながら、ウルは1人《ひとり》、ぽつりとつぶやいた。

「よかった、ちさと、すごくうれしそう……けど……」

バースデープレートを、そっと取《と》りだす。

「あたし、あのバースデーケーキに、なにも魔法《まほう》を使《つか》ってないことになっちゃった……。

これじゃ、きざしも、現《あらわ》れない……」

15 さよなら、ちさと

翌日《よくじつ》の、放課後《ほうかご》。
ウルは1人《ひとり》きり、公園《こうえん》のベンチに座《すわ》っていた。
(今日《きょう》が、約束《やくそく》の日《ひ》……)
10日《とおか》以内《いない》にきざしが現《あらわ》れなかったら、修業先《しゅぎょうさき》を変《か》えること――。
胸《むね》の奥《おく》がずしりと重《おも》くなって、ウルはぎゅっと、ひざをかかえた。
「ウル」
そのとき、すぐ後《うし》ろで声《こえ》がした。
いつものウルならパッと笑顔《えがお》になる、やさしく深《ふか》い声《こえ》。
けれど今日《きょう》は、びくりと肩《かた》をふるわせると、ウルはゆっくり、後《うし》ろをふり向《む》いた。

「……ディア」

そんなウルを見《み》て、ディアはすべてを察《さっ》した様子《ようす》で、かなしげに目《め》をほそめる。

「……きざしは、なかったのね……」

答《こた》えるかわりに、ウルはディアのケープに、力《ちから》いっぱいしがみついた。

「ディア、あたしね、うんとうんとがんばる！　魔法《まほう》の練習《れんしゅう》も、今《いま》までの何倍《なんばい》もする！　だからお願《ねが》い、ちさとのところにいさせて！　修業先《しゅぎょうさき》を変《か》えろなんて言《い》わないで！」

「………………」

ディアはなにも言《い》わず、ウルをまっすぐ見《み》る。

「ねえディア、お願《ねが》い！　なんとか言《い》って！」

さけびながら、ウルはそれが、かなわない願《ねが》いだということがわかっていた。

ディアは、記憶《きおく》の実《み》を使《つか》わなかったウルに、目《め》をつぶってくれた。

そればかりか、魔法《まほう》を使《つか》って二度《にど》も助《たす》けてくれたのだ。それなのに――。

(それなのにあたし……きざしを手《て》にいれられなかったんだ)

ウルはやがて、力《ちから》なくうなだれた。

ちさとが作《つく》ったバースデープレートを見《み》たとき、ウルはどうしても、自分《じぶん》のプレートを出《だ》すことができなかった。

人間《にんげん》と親《した》しくなりすぎると、修業《しゅぎょう》を最優先《さいゆうせん》にはできなくなる——。

いつかのディアの言葉《ことば》どおり、あのときのウルは、きざしのことよりも、ちさとのことを考《かんが》えてしまったのだった。

(あたしは自分《じぶん》で、せっかくのチャンスをダメにしちゃったんだ……)

「ウル。少《すこ》し話《はな》しましょう」

ディアにうながされるようにして、ウルはベンチに腰《こし》かけた。

「ウル。実《じつ》は、私《わたし》もね。空色魔女《そらいろまじょ》の修業《しゅぎょう》のとき、記憶《きおく》の実《み》が使《つか》えなかったの」

「え……?　ディアが?」

意外《いがい》なその言葉《ことば》に、ウルはおどろいて顔《かお》をあげた。

ディアはうなずくと、遠《とお》い記憶《きおく》をさぐるように、目《め》をほそめる。

「修業先《しゅぎょうさき》の女《おんな》の子《こ》のことが大好《だいす》きで……。私《わたし》たちは、いつもいっしょだった。その子《こ》のためなら、なんでもしてあげたいって思《おも》ったわ」

ディアは言葉《ことば》を切《き》って、ウルと視線《しせん》をあわせた。

「あなたから、ちさとちゃんの話《はなし》を聞《き》いたとき、2人《ふたり》が楽《たの》しそうに話《はな》しているすがたを見《み》たとき……なんだかとてもなつかしかった。これじゃいけないと思《おも》いながらも、2人《ふたり》がもっといっしょにいられたらと、思《おも》ってしまうこともあった」

（……だからあんなに、あたしを助《たす》けてくれたんだ……）

——私《わたし》もね、あなたにきざしが現《あらわ》れることを、願《ねが》っているのよ。

あのときのやさしいまなざし。ウルの胸《むね》が、ずきんと痛《いた》む。

「でもねウル。記憶《きおく》の実《み》を使《つか》わなかったせいで、私《わたし》と彼女《かのじょ》には、とてもつらいわかれが待《ま》っていた。最初《さいしょ》におきてをやぶったことを、何度《なんど》も後悔《こうかい》するくらいに」

ウルはなにも言《い》えずに、じっとディアを見《み》た。

「ウル。魔女《まじょ》と人間《にんげん》は、最初《さいしょ》から生《い》きる時間軸《じかんじく》がちがうの。ちさとちゃんは、誕生日《たんじょうび》がくれば、ひとつ歳《とし》をとるけれど、あなたは夕焼《ゆうや》け魔女《まじょ》にならないかぎり、10歳《さい》のまま、永遠《えいえん》に歳《とし》をとることはできないのよ」

ディアはウルの手《て》のひらに、なにかをのせた。

「これ、記憶《きおく》の実《み》……！」

「『親戚《しんせき》の子《こ》、ウルは、遠《とお》くの街《まち》に帰《かえ》って、もう二度《にど》と会《あ》うことはない』。ちさとちゃんの記憶《きおく》を、そう書《か》きかえなさい」

「け、けど！　ちさとにはね、なくしたくない大切《たいせつ》な記憶《きおく》があるの。ちょっとしたことで消《き》えちゃいそうなくらい、小《ちい》さな小《ちい》さな記憶《きおく》なの！　この実《み》を使《つか》って、もしもそれが消《き》えちゃったりしたら……！」

すがるようなウルの前《まえ》で、ディアはきっぱりと、首《くび》を横《よこ》にふる。

「これは魔法《まほう》の実《み》よ。そんなことはぜったいに起《お》こらないわ。うすれていくのは、ウルにかんする記憶《きおく》だけよ」

「あたしにかんする記憶《きおく》だけ……」

ウルはうつむいて、そうつぶやくしかなかった。

「明日《あした》の朝《あさ》、むかえに行《い》くわ。それまでに自分《じぶん》の気持《きも》ちに、きちんとけじめをつけなさい。魔女《まじょ》にとって一番大切《いちばんたいせつ》なことを、思《おも》いだして」

ずきんと、胸《むね》が痛《いた》む。

目《め》をつぶると、ウルはやがて、小《ちい》さくひとつ、うなずいた。

パティスリー・シトロン。
ドアの前《まえ》で、ウルは何度《なんど》も、深呼吸《しんこきゅう》をした。
重《おも》たい気持《きも》ちをふりはらうように、両手《りょうて》でほおを、ぱんぱんとたたく。
(今日《きょう》は、ぜったい笑顔《えがお》でいなくちゃ！)
気《き》をゆるめると、たちまち涙《なみだ》があふれそうになってしまう。
ウルは、への字《じ》になりかけた口《くち》をぎゅうっとあげて、元気《げんき》よくドアを開《あ》けた。
「たっだいま——っ！」
「あっ、ウルおかえり！」
ちさとがパッと、こちらをふり返《かえ》る。
ずきん。
目《め》があった瞬間《しゅんかん》、胸《むね》の奥《おく》が痛《いた》んで、ウルは手《て》のひらをにぎりしめた。

（笑顔《えがお》、えがお！　ちさとが心配《しんぱい》しちゃう！）

ちさとは、にっこり笑《わら》って、ウルのとなりにやってきた。

「ねえ聞《き》いて！　とってもいいニュース！」

「へえ、な、なあに？」

するとガラスケースのむこうから、山野《やまの》さんがひょっこり、笑顔《えがお》を見《み》せた。

「実《じつ》はねウルちゃん。春日野《かすがの》さんのお母《かあ》さまが、パティスリー・シトロンのオーダーメイドケーキを、ぜひ雑誌《ざっし》にのせたいっておっしゃって。大《おお》きく記事《きじ》にしてくださるそうなの」

「ええ――っ!?」

ウルはぴょこんと、とびあがった。

「ホント？　雑誌《ざっし》に？　それってすごい！」

パパも厨房《ちゅうぼう》から、にこにこやってくる。

「バースデーケーキを、とても気《き》に入《い》ってくれたらしいんだ。デザインは、ちさととウルちゃんのアイディアだって話《はな》したら、感心《かんしん》していたよ」

「うわあ……！」

ウルはおもわず、ちさとを見《み》た。

「やったねちさと！　じゃあさ、これからもオーダーメイドケーキのデザインは……」

いっしょに考《かんが》えようね、と言《い》いかけて、ウルは言葉《ことば》を飲《の》みこんだ。

（そうだ……。あたし、そのときは、もうここには……）

「ウル？」

ちさとの声《こえ》に、ウルはあわてて笑顔《えがお》を作《つく》った。

「よ、よかったね！　雑誌《ざっし》、あたしも見《み》たかったなあ」

「なに言《い》ってるの、これから記事《きじ》になるんだから、ウルも見《み》られるに決《き》まってるじゃない」

ずきん。

「そっか、そうだよね、あはは」

パパも、山野《やまの》さんも、そしてちさとも、ウルをかこんで楽《たの》しげに笑《わら》いあう。

（あたしがいなくなったら……みんなの中《なか》からあたしの記憶《きおく》だけ、なくなっちゃうんだ）

そう思《おも》うと、必死《ひっし》に作《つく》った笑顔《えがお》が、消《き》えてしまいそうになる。

話《はなし》の輪《わ》からそっとはなれて、ウルは1人《ひとり》、厨房《ちゅうぼう》をあとにした。


「取材《しゅざい》は来週《らいしゅう》だって。山野《やまの》さんがね、美容室《びようしつ》にいかなくちゃって、もうはりきっちゃって」

夜《よる》。ベッドに横《よこ》になってからも、ちさとは、はしゃいだ様子《ようす》で話《はな》す。

「そっかあ……楽《たの》しみだね」

ウルは、ちさとの顔《かお》が見《み》ていられなくて、天井《てんじょう》を見《み》あげたまま、あいづちをうった。

「もし写真《しゃしん》をとることになったら、ウルはさすがに、空色魔女《そらいろまじょ》の制服《せいふく》じゃまずいよね。ほら、いつだったか、ウルがかわいいって言《い》ってたチェックのプリーツスカート、あれを着《き》たらいいんじゃないかな。どう？」

（ちさと……！）

ウルは、あくびをするふりをして、うるんだ目《め》じりをぎゅっとぬぐった。

「あ、ごめんねウル、もう眠《ねむ》いよね。明《あ》かり、消《け》すね」

ぱちん。

まっくらになった部屋《へや》で、ウルはやっと、ちさとを見《み》た。

「……ねえ、ちさと」

「ん？」

「今日《きょう》はさ……。手《て》をつないで、寝《ね》てもいい？」

かすかにベッドがきしんで、ちさとがこちらを見《み》た気配《けはい》がした。

「ウルったら、どうしたの急《きゅう》に？　べつに、いいけど」

ウルはふとんの中《なか》で、ちさとの手《て》をぎゅっとにぎりしめた。

（あったかい……）

手《て》のひらから、ちさとの温度《おんど》が、ゆっくり伝《つた》わって

くる。

「……ちさととはさ。こうしていっぱい、手《て》をつないだよね」

ちさとは、笑《わら》いをふくんだ声《こえ》で答《こた》える。

「ウルは、なにかあるとすぐに、ぴょこんととびついてくるものね」

自分《じぶん》の名前《なまえ》をよぶ、聞《き》き慣《な》れたその声《こえ》を、ウルは目《め》をつぶって、じっとかみしめた。

「……それはね。ちさとといると……おもわずとびつきたくなるような楽《たの》しいことが、たくさんたくさんあるからだよ……」

がまんしたはずなのに、声《こえ》がふるえてしまう。

それをかき消《け》すように、ウルはいきおいよくふとんをかぶった。

「おやすみっ！」

ふとんのむこうから、少《すこ》しくぐもって、ちさとの声《こえ》が聞《き》こえる。

「おかしなウル。……おやすみ、また明日《あした》ね」

チクタク、チクタク。

静《しず》かになった部屋《へや》に、時計《とけい》の音《おと》だけが、小《ちい》さくひびく。

やがて、ちさとのほうから、すやすやと、安《やす》らかな寝息《ねいき》が聞《き》こえてきた。

（ちさと……）

ウルはそっと、ベッドから起《お》きあがった。

記憶《きおく》の実《み》をにぎりしめると、深呼吸《しんこきゅう》をして、部屋《へや》を見《み》わたす。

本棚《ほんだな》が壁《かべ》をぐるりとかこむ、すっかり見《み》なれた部屋《へや》。

（はじめて本《ほん》の中《なか》からここに出《で》てきたとき、目《め》の前《まえ》にいたちさとを見《み》て、あたし、すごくホッとしたっけ……）

どこか大人《おとな》びた目《め》をした、10歳《さい》の女《おんな》の子《こ》、ちさと。

ちさとに言《い》われて、ここで生《う》まれてはじめて、呪文《じゅもん》をとなえたこと。

ウルが甘《あま》くした紅茶《こうちゃ》を飲《の》んで、ちさとがあきれ顔《がお》で、目《め》をまるくしたこと。

給食《きゅうしょく》のシチューを甘《あま》くしたウルを、必死《ひっし》に守《まも》ってくれたこと。

夜《よる》の厨房《ちゅうぼう》で、粉《こな》だらけになりながら、いっしょにクッキーを焼《や》いたこと。

落《お》ちこんだウルに、プリンを焼《や》いてくれたこと。

ひみつを守《まも》ろうと、ディアの前《まえ》で、おせんべいをほおばってくれたこと。

ディアのほうきで、いっしょに空《そら》を飛《と》んだこと。

――ウルの魔法《まほう》は、なんの役《やく》にたつのかって言《い》ってたでしょ。私《わたし》、その答《こた》えを知《し》ってるよ。

ちさとの言葉《ことば》が、耳《みみ》の奥《おく》によみがえる。

――ウルの魔法《まほう》にはね、人《ひと》を笑顔《えがお》にする力《ちから》があるんだよ……。

(そう言《い》われたとき……あたし、すごくうれしかった。ちさとのおかげで、自分《じぶん》の魔法《まほう》が、はじめて心《こころ》から好《す》きって思《おも》えたんだ……)

ウルはぎゅっと、胸《むね》に手《て》をあてた。

(あたし、ちさとのところにこられて、ホントによかった……)

ふるえる手《て》で、記憶《きおく》の実《み》を、ちさとの上《うえ》に、そっとかざす。

(あたしはちさとに、なんにもできなくて、ごめんね)

ずっとがまんしていた涙《なみだ》が、つうっとひとすじ、こぼれ落《お》ちた。

ウルはぎゅっとまぶたをとじて、記憶《きおく》の実《み》をたたいた。

パン!

「あたしは、親戚《しんせき》の……」

言《い》いかけて、ウルはくちびるをかみしめる。

いくらふりはらおうとしても、ちさとの笑顔《えがお》が、どうしてもはなれない。

（ダメ、やっぱり言《い》えない！　ちさとの記憶《きおく》から消《き》えちゃうなんて、あたし……！）

「……ちさと」

寝顔《ねがお》にほほえみかけて、ウルはそっと、言《い》いなおした。

「あたしのこと、どうか忘《わす》れないで」

16 あの日《ひ》、言《い》われたこと

朝《あさ》。

チリリリリ……

「う――んっ！」

いつもの目覚《めざ》ましの音《おと》に、ちさとはぱちりと目《め》を開《あ》けると、おもいきりのびをした。

「ウルおはよう！　さあ、今日《きょう》は学校《がっこう》もお休《やす》みだし、いっしょに……あれ？」

言《い》いかけて、ちさとは目《め》をまるくした。

いつもならとなりでまだ寝《ね》ているはずのウルが、いない。

ウルが着《き》ていたパジャマは、きれいにたたまれて、ベッドの横《よこ》においてある。

「ウル？」

洗面所《せんめんじょ》や、廊下《ろうか》。台所《だいどころ》までのぞいてみても、どこにもウルのすがたはなかった。

(先《さき》に起《お》きて、厨房《ちゅうぼう》に行《い》ったのかな……)

ちさとは首《くび》をひねりながら、厨房《ちゅうぼう》へ下《お》りていった。


「おはよう、ちさと」

厨房《ちゅうぼう》では、パパが1人《ひとり》でケーキのしあげをしていた。

ちさとはきょろきょろと、あたりを見《み》まわす。

(ここにもいない……)

「ねえパパ、ウル見《み》なかった？　いつも寝《ね》ぼうのくせに、今朝《けさ》はベッドにいなくて」

するとパパは、作業《さぎょう》の手《て》をとめずに、さらりと言《い》った。

「ウル？　ウルってだれのことだい？」

「えっ？」

ちさとはどきりとして、パパをあおいだ。

「パパ……？　ウルだよ。私《わたし》、今《いま》、ウルって言《い》ったんだよ」

ちさとの言葉《ことば》に、パパは記憶《きおく》をさぐるように、目《め》をほそめる。

「ウル……？　ああ、ウルちゃんか。ウルちゃんなら、たしかええと……もといた街《まち》に
……帰《かえ》ったんじゃなかったかな」

「な、なに言《い》ってるの、パパ？」

「うん、そうだ。そうだった。ウルちゃんは帰《かえ》ったんじゃないか」

パパは、やっと思《おも》いだしたという顔《かお》で、うなずいている。

ちさとは信《しん》じられない思《おも》いで、その場《ば》に立《た》ちつくした。

(どういうこと？　パパの記憶《きおく》が……変《か》わってる？)

——必要《ひつよう》なくなったら、あたしのとこだけ記憶《きおく》が書《か》きかえられて、なにもなかったことになるんだ。

ウルの言葉《ことば》が、ふと頭《あたま》をよぎる。

「ちさと。ウルちゃんが帰《かえ》ってしまってさみしくなるけど、あまり気《き》をおとさないで
……」

パパの言葉《ことば》を聞《き》きおわる前《まえ》に、ちさとは走《はし》りだしていた。

バタン！
部屋《へや》にかけこむと、ちさとは、いきおいよくクローゼットを開《あ》けた。
ここにはいつも、ウルの空色《そらいろ》ケープと、とんがり帽子《ぼうし》がしまってある。けれど——。
「な……ない……！」
クローゼットから、ウルの荷物《にもつ》だけが、こつぜんと消《き》えている。
ちさとは、頭《あたま》をガツンとなぐられたような気《き》がして、その場《ば》にしゃがみこんだ。
（どうして……どういうこと……？）
——雑誌《ざっし》、あたしも見《み》たかったなあ。
ウルの言葉《ことば》を思《おも》いだして、ちさとはハッと顔《かお》をあげた。
（そういえば……！）
——やだなあちさと、平気《へいき》だってば。早《はや》くきざしが現《あらわ》れるように、がんばりなさいねって言《い》われただけ。

(ディアさんが会《あ》いにきた日《ひ》から、ウルの様子《ようす》、おかしかった……!)

話《はな》しかけても考《かんが》えごとをしていたり、思《おも》いつめた様子《ようす》で、魔法《まほう》の練習《れんしゅう》をしたり——。

(結局《けっきょく》、きざしはなかったって、ウルは言《い》ってた。昨日《きのう》の放課後《ほうかご》、ディアさんと公園《こうえん》で待《ま》ちあわせしているとも……! ウル、まさか……!)

——今日《きょう》はさ……手《て》をつないで、寝《ね》てもいい?

——ちさととはさ。こうしていっぱい、手《て》をつないだよね。

——ちさととといると、楽《たの》しいことがたくさんたくさんあるから……。

(公園《こうえん》から帰《かえ》ったあと、ウル、いつものウルじゃなかった。私《わたし》、どうして気《き》づかなかったんだろう!)

無理《むり》して、はしゃいでいるみたいだったウル。

ふとんをかぶったきり、こちらをむかなかったウル。

こつぜんとカラになった、クローゼット。

(ウル……行《い》っちゃったの……? なにも言《い》わずに……!)

そのとき。ちさとは、ふんわりただよう、甘《あま》い香《かお》りに気《き》づいた。

見《み》ると机《つくえ》の上《うえ》に、小《ちい》さなお皿《さら》がのっている。

「こ、これ……」

近《ちか》づいてみて、ちさとはハッと、目《め》をみひらいた。

「……いちご……」

まっ赤《か》ないちごが、たったひとつぶ、お皿《さら》の上《うえ》でみずみずしく輝《かがや》いている。

キラキラキラキラ……

そっと手《て》にとると、いちごはほんのりと、光《ひかり》のつぶにふちどられていた。

「これ……ひょっとして、ウルから……？」


町《まち》を見下《みお》ろす、丘《おか》の上《うえ》。

ウルは目《め》をほそめて、今来《いまき》たほうを見《み》つめていた。

（あそこの緑《みどり》が公園《こうえん》で……じゃあパティスリー・シトロンは、あのあたりだ）

朝《あさ》もやにかくれて、ここからでは、いくら目《め》をこらしても、ちさとの家《いえ》はわからない。

それでもウルは、お店《みせ》のほうをふり返《かえ》らずにはいられなかった。

(今《いま》ごろパパ、ケーキのしあげをしてるころかな。きっと厨房《ちゅうぼう》は、甘《あま》い香《かお》りでいっぱいなんだろうなあ……)

毎朝《まいあさ》かいだ、やさしい香《かお》り。

部屋《へや》までその香《かお》りがとどくころ、ちさとは起《お》きて、朝《あさ》のしたくをはじめるのだ。

(ちさと……いちご、食《た》べてくれたかなあ)

「ウル」

ディアの声《こえ》に、ウルはハッと、顔《かお》をあげた。

「そろそろ時間《じかん》だけれど……準備《じゅんび》はいい?」

いたわるように、ディアはそっと、ウルの肩《かた》に手《て》をのせる。

ウルは、おどけたような笑顔《えがお》になった。

「もっちろん! あたし、今度《こんど》の修業先《しゅぎょうさき》でこそ、きざしが現《あらわ》れるように、うんと、うーんとがんばらなくっちゃね!」

力《ちから》こぶを作《つく》ってみせるウルに、ディアは、かなしげに目《め》をほそめる。

「それじゃあ、出発《しゅっぱつ》するわよ」

ずきん。

「……うん。行《い》こう」

ウルはぎゅっと、くちびるをかみしめた。

（さよなら……。さよなら、ちさと！）


ちさとの部屋《へや》。

「ウル……」

ちさとはじっと、手《て》の中《なか》のいちごを見《み》つめた。

おわかれの言葉《ことば》も、手紙《てがみ》もなく、ただひとつぶだけ、残《のこ》されたいちご。

光《ひかり》のつぶにふちどられた、ウルの魔法《まほう》がかかったいちご。

ほんのかすかに覚《おぼ》えている、ママとの思《おも》い出《で》のいちご――。

(ウルのバカ……どうして、なにも言《い》ってくれなかったの？　どうして、いちごだけおいて――)

ふるえる手《て》で、ちさとはゆっくり、いちごを口《くち》に運《はこ》んだ。

そしてひと口《くち》、かじる。

「うわあ……！」

その瞬間《しゅんかん》、ちさとはおもわず、目《め》をみひらいた。

すきとおった甘《あま》さが、ちさとの中《なか》に、さあっと広《ひろ》がっていく。

胸《むね》の奥《おく》が、まるで手《て》のひらでつつまれたように、あたたかい。

(この甘《あま》さ……ママと食《た》べたいちごの味《あじ》と、おんなじ……！)

――……さと……。

「……え……？」

声《こえ》が聞《き》こえた気《き》がして、ちさとは胸《むね》に、手《て》をあてた。

――ちさと。

(……ママ……!)

少《すこ》しずつ、少《すこ》しずつ。

いちごの甘《あま》さに呼《よ》びさまされるように、記憶《きおく》がゆっくり、よみがえっていく。

ずっと忘《わす》れていた場面《ばめん》に、色《いろ》がついて、動《うご》きだす。

やさしくおだやかな、ママの声《こえ》。

しゃくりあげながら、ほおばったいちご。

(そうだ。私《わたし》あのとき、この部屋《へや》で……ママはいつもお仕事《しごと》ばっかり、って泣《な》いて……泣《な》きやまなくて……それでママは私《わたし》に、いちごをくれたんだ……)

つぎつぎと、記憶《きおく》のパズルがうまっていく。

(あのときママは……泣《な》きじゃくる私《わたし》を抱《だ》きしめて、そして――)

ちさとはハッと、目《め》をみひらいた。

(そうだ。思《おも》いだした。ママに言《い》われた言葉《ことば》……!)

――ちさと、忘《わす》れないで。ちさとはね、ママの宝《たから》ものなのよ。

「ママ……!!」

そのとき。

部屋《へや》のドアがひらいて、パパがひょっこり、顔《かお》を出《だ》した。

「ちさと？」

「どうしたんだい？　走《はし》って厨房《ちゅうぼう》を出《で》ていったけど……なにかあったのかい？」

「パパ……」

なんでもないよ、と言《い》おうとして、ちさとは口《くち》をつぐんだ。

（聞《き》ける……）

ちさとはパパを、まっすぐ見《み》つめた。

（私《わたし》、今《いま》なら聞《き》ける。ずっと聞《き》きたかったこと……）

「……ねえパパ。ママって……私《わたし》のママって、どんな人《ひと》だったの？」

パパは、少《すこ》しおどろいた様子《ようす》で、ちさとを見《み》た。

「はじめてだね、ちさとのほうから、ママのことをたずねるなんて。そうだなあ、ママは……とてもおもいやりがあって、がんばりやで……」

パパはいったん言葉《ことば》を切《き》って、やさしくほほえんだ。

「ちさとはママに、よく似《に》ているよ」

「……似《に》てる？　私《わたし》が、ママに？」

「ああ。ちさとの成長《せいちょう》を、一番楽《いちばんたの》しみにしていたのはママだったよ。この子《こ》はぜったい、すてきな女《おんな》の子《こ》になるって」

パパはそっと、ちさとの肩《かた》をなでた。

「ちさとはパティスリー・シトロンのケーキを、おいしいって言《い》ってくれるだろう？　ママはね、いつも言《い》っていたよ。『もしも私《わたし》がいなくなっても、私《わたし》のレシピで作《つく》ったケーキを、ちさとが食《た》べてくれる。だからひとつでも多《おお》く、おいしいレシピを残《のこ》したい』……厨房《ちゅうぼう》にこもって、ちさとが好《す》きなケーキのレシピには、特《とく》にこだわってね」

「……そう、だったんだ……」

（記憶《きおく》の中《なか》で、ママがいつも背中《せなか》をむけているのは……私《わたし》のためのレシピを、作《つく》ってくれていたから……！）

ちさとはまっすぐ顔《かお》をあげて、大《おお》きくひとつ、息《いき》をすった。

それからパパを見《み》ると、きっぱりと言《い》った。

「パパ。私《わたし》……パパやママみたいな、パティシエになりたい。うんと強《つよ》く願《ねが》って、うんとがんばれば、できないことなんてないもの。だからきっとかなうよね、パパ」

「もちろん。ちさとは必《かなら》ず、すてきなパティシエになるよ」

パパが出《で》ていって、1人《ひとり》になった部屋《へや》で、ちさとはそっと、くちびるにふれた。

口《くち》の中《なか》には、いちごの甘《あま》さが、まだかすかに残《のこ》っている。

「…………ウル」

ぽたり。ちさとの目《め》から、ひとつぶ涙《なみだ》がこぼれ落《お》ちた。

「ねえ、ウル……私《わたし》ね、ウルのおかげで……やっと聞《き》けたよ、ママのこと……」

涙《なみだ》はあとからあとから、ちさとのほおを伝《つた》ってあふれだす。

「……ありがとう、ウル――！」

その瞬間《しゅんかん》。

「ひゃあっ！」

ディアのほうきの上《うえ》で、ウルはおどろいて悲鳴《ひめい》をあげた。

「な、なにこれ！」

体《からだ》が、夕焼《ゆうや》け色《いろ》にまぶしく光《ひか》りだす。

手《て》も足《あし》も、まるで自分《じぶん》のものじゃないみたいに、ギシギシときしむ。

「ディアア！　あたし、どうなっちゃったの？　この光《ひかり》、なに？」

ディアはウルを見《み》ると、ハッと息《いき》をのんだ。

「ウル、それはきざしよ！　あなた今《いま》、15歳《さい》のすがたになってるわ！」

「えええ――っ⁉」

ウルは、いつのまにかすらりとのびた手足《てあし》に、目《め》をまるくした。

「じゃ、じゃあ、きざしがあったってことは、もしかして……！」

「そうよウル。ちさとちゃんのところに帰《かえ》れるのよ！」

「うわあ！」

ウルを乗《の》せたほうきは、朝《あさ》もやの中《なか》をぐんぐん進《すす》む。

パティスリー・シトロンが、あっというまに近《ちか》づいてくる。

「ちさと！　ちさと！」

ウルは、2階《かい》のちさとの部屋《へや》の窓《まど》を、コンコン、とノックした。

窓《まど》のむこう、ちさとはハッと顔《かお》をあげると、

「え……だ、だれ？」

オレンジ色《いろ》の光《ひかり》につつまれたウルをみて、涙《なみだ》をためた目《め》を、大《おお》きくみひらく。

「ちさと！　あたし、ウルだよ！　きざしがあって、15歳《さい》のすがたになったんだよ！　だからね、あたし、ちさとのところにいられるの！」

「え？」

しゅるるるる…………

おどろくちさとの前《まえ》で、ウルの体《からだ》の光《ひかり》が、どんどん小《ちい》さくなっていく。

やがて、空色《そらいろ》ケープにとんがり帽子《ぼうし》の、見《み》なれたウルのすがたが現《あらわ》れた。

「……ウル……！」

「ちさとちさとちさと――っ！」

ウルは、ひらいた窓《まど》から、なだれこむように、ちさとの胸《むね》にとびこんだ。

「ウル……ウル！」

ちさとは、涙《なみだ》でぐしゃぐしゃになりながら、ウルに力《ちから》いっぱい抱《だ》きついた。

「ウル！　ウルったらもう……！　でも……でも、よかった！」

「ちさと……」

はじめて見《み》るちさとの泣《な》き顔《がお》に、ウルはおどろいて、目《め》をみひらいた。

それから、涙《なみだ》でぬれたちさとのほおを、そっとぬぐうと、にっこり笑《わら》った。

「あたし、うんと修業《しゅぎょう》がんばる！　だから、これからもよろしくね、ちさと！」

そのひょうしに、とんがり帽子《ぼうし》が、かくんとずれた。

「……まったく……」

ちさとは、はじめて会《あ》った日《ひ》のように、ウルの帽子《ぼうし》をきゅっとなおして、言《い》った。

「夕焼《ゆうや》け魔女《まじょ》になるまで、しっかりがんばるのよ、ウル」

いつものウルの甘《あま》い香《かお》りが、部屋中《へやじゅう》に、ふんわりただよう。

ちさととウルは顔《かお》を見《み》あわせて、２人《ふたり》でにっこり、笑顔《えがお》になった。

おわり

あとがき

はじめまして。この本《ほん》を手《て》にとってくださって、本当《ほんとう》にどうもありがとう。

この本《ほん》は私《わたし》にとって、はじめての小説《しょうせつ》です。子《こ》どものころから本《ほん》が大好《だいす》きで、物語《ものがたり》を書《か》くことに憧《あこが》れてもいたけれど、まさか大人《おとな》になって、全然《ぜんぜん》ちがう仕事《しごと》についてから（私《わたし》はふだん、声優《せいゆう》として仕事《しごと》をしているのです）、こうして小説《しょうせつ》を書《か》く機会《きかい》をいただけるなんて！　まさに、「うんと強《つよ》く願《ねが》ってうんとがんばれば、できないことなんてない」という気持《きも》ちです。

とはいえ私《わたし》は1人《ひとり》で「うんとがんばった」わけではありません。ウルにはちさとがいるように、私《わたし》を応援《おうえん》してくれる人《ひと》たちがいなければ、この物語《ものがたり》は完成《かんせい》しませんでした。

右《みぎ》も左《ひだり》もわからない私《わたし》を支《ささ》えてくれたみなさん、そしてこの本《ほん》を手《て》にとってくれたあなたに、心《こころ》からのありがとうを贈《おく》りたいです。

あさのますみ

材料《ざいりょう》

バター　250 グラム

粉砂糖《こなざとう》①　35 グラム

粉砂糖《こなざとう》②　75 グラム

ミルク　25 グラム

小麦粉《こむぎこ》　320 グラム

アーモンドパウダー　75 グラム

ウルとちさとのお菓子《かし》レシピ

お菓子作《かしづく》りの基本《きほん》は、材料《ざいりょう》の分量《ぶんりょう》をただしくはかることだよ。作《つく》り方《かた》はかんたんだから、ていねいに、おいしく作《つく》ろうね！

作《つく》り方《かた》

1. バターをプラスチック製《せい》のうつわかボウルに入《い》れ、電子《でんし》レンジの「解凍《かいとう》」であたためます。

「クリームみたいに、
とろっとする感《かん》じ」

2. バターに粉砂糖《こなざとう》①を入《い》れて、手《て》のひらでまぜます。

「よく手《て》を洗《あら》ってからね」

3. ミルクを入《い》れて、さらにまぜます。

4. 小麦粉《こむぎこ》（薄力粉《はくりきこ》）と粉砂糖《こなざとう》②、アーモンドパウダーをいっしょにして、ふるい器《き》にかけながら入《い》れます。

5. 生地《きじ》に粉《こな》っぽさがなくなるまで、よーくよーくまぜます。

「うでが痛《いた》くなっても、
ここがだいじ！　がんばろ～！」

6. 生地《きじ》をひとかたまりにして、冷気《れいき》が伝《つた》わりやすいよう少《すこ》し平《ひら》べったくし、ラップをかけて30分《ぷん》くらい冷蔵庫《れいぞうこ》でねかせます。

「バターが冷《つめ》たくなると生地《きじ》が
固《かた》くなって、型《かた》が抜《ぬ》きやすくなるの」

7. 生地《きじ》を冷蔵庫《れいぞうこ》から出《だ》したら、キッチン台《だい》に小麦粉《こむぎこ》をまんべんなくふって、そこにおきます。めん棒《ぼう》で5ミリくらいの厚《あつ》さまでのばそう。

「粉《こな》をふらないと、
生地《きじ》が台《だい》にくっついちゃう！」

「生地《きじ》がデコボコしてると、
きれいに焼《や》けないから、平《たい》らにね」

8. 生地《きじ》を、好《す》きなクッキー型《かた》で抜《ぬ》いて、天板《てんぱん》にならべていきます。

「焼《や》けると生地《きじ》がちょっと大《おお》きく
なるから、少《すこ》しはなしておくんだって！」

9. 200℃に熱《ねっ》したオーブンに入《い》れて、10～15分《ふん》くらい焼《や》こう。

「やけどしないように、気《き》をつけて！」

「まちどおしいけど、あんまりオーブンの
扉《とびら》を開《あ》けないで。がまんがまん」

10. おいしそうな焼《や》き色《いろ》がついたら、できあがり！

「やった～～！」

レシピ協力／ラ スプランドゥール（東京都大田区南久が原 2-1-20）

角川つばさ文庫

あさのますみ／作

1977年秋田県生まれ。2007年小学館『おひさま』主催第13回おひさま大賞の童話部門最優秀賞を受賞。本作が処女作となる。また、浅野真澄の名前で声優としても活躍、多数の出演作をもつ。ホームページ「浅野真澄公式サイト」http://www.masumin.net/

椎名 優／絵

1998年第5回電撃ゲームイラスト大賞金賞を受賞しデビュー。『月と貴女《あなた》に花束を』『エンジェル・ハウリング』『メガロ・オーファン』など、イラストを担当した作品多数。ホームページ「天球堂画報」http:// www1.odn.ne.jp/tenkyudho/

角川《かどかわ》つばさ文庫《ぶんこ》　Aあ2-1

ウルは空《そら》色《いろ》魔《ま》女《じょ》①

はじめての魔法《マジカル》クッキー

作《さく》　あさのますみ

絵《え》　椎名《しいな》 優《ゆう》

2009年3月3日　初版発行
2010年6月15日　8版発行

発行者　井上伸一郎
発行所　株式会社角川書店
東京都千代田区富士見2-13-3　〒102-8078
電話・編集 03-3238-8555
発売元　株式会社角川グループパブリッシング
東京都千代田区富士見2-13-3　〒102-8177
電話・営業 03-3238-8521
http://www.kadokawa.co.jp/

印　刷　暁印刷
製　本　BBC
装　丁　ムシカゴグラフィクス

ISBN978-4-04-631012-5　C8293
N.D.C.913　238p　18cm

読者のみなさまからのお便りをお待ちしています。
いただいたお便りは、編集部から著者へおわたしいたします。

角川つばさ文庫発刊のことば

角川グループでは『セーラー服と機関銃』（81）、『時をかける少女』（83・06）、『ぼくらの七日間戦争』（88）、『リング』（98）、『ブレイブ・ストーリー』（06）、『バッテリー』（07）、『DIVE!!』（08）など、角川文庫と映像とのメディアミックスによって、「読書の楽しみ」を提供してきました。

角川文庫創刊60周年を期に、十代の読書体験を調べてみたところ、角川グループの発行するさまざまなジャンルの文庫が、小・中学校でたくさん読まれていることを知りました。

そこで、文庫を読む前のさらに若いみなさんに、スポーツやマンガやゲームと同じように「本を読むこと」を体験してもらいたいと「角川つばさ文庫」をつくりました。

読書は自転車と同じように、最初は少しの練習が必要です。しかし、読んでいく楽しさを知れば、どんな遠くの世界にも自分の速度で出かけることができます。それは、想像力という「つばさ」を手に入れたことにほかなりません。

「角川つばさ文庫」では、読者のみなさんといっしょに成長していける、新しい物語、新しいノンフィクション、角川グループのベストセラー、ライトノベル、ファンタジー、クラシックスなど、はば広いジャンルの物語に出会える「場」を、みなさんとつくっていきたいと考えています。

読んだ人の数だけ生まれる豊かな物語の世界。そこで体験する喜びや悲しみ、くやしさや恐ろしさは、本の世界の出来事ではありますが、みなさんの心を確実にゆさぶり、やがて知となり実となる「種」を残してくれるでしょう。

かつての角川文庫の読者がそうであったように、「角川つばさ文庫」の読者のみなさんが、その「種」から「21世紀のエンタテインメント」をつくっていってくれたなら、こんなにうれしいことはありません。

物語の世界を自分の「つばさ」で自由自在に飛び、自分で未来をきりひらいていってください。

ひらけば、どこへでも。——角川つばさ文庫の願いです。

角川つばさ文庫編集部